Lacey Merl

W9-ACZ-934

WITHDRAWN
L R COLLEGE LIBRARY

ERICH KÄSTNER · EMIL UND DIE DREI ZWILLINGE

EMIL
UND DIE DREI ZWILLINGE

DIE ZWEITE GESCHICHTE
VON EMIL UND DEN DETEKTIVEN
VON

ERICH KÄSTNER

ILLUSTRIERT VON WALTER TRIER

ATRIUM VERLAG · ZÜRICH

Gesamtauflage in deutscher Sprache 125 000 Exemplare
Printed in Germany
Alle Rechte vorbehalten, insbesondere der Dramatisierung, Verfilmung,
Funkübertragung und des Vortrags. Copyright by Atrium Verlag A. G., Zürich
Druck: Graphische Betriebe W. Büxenstein GmbH., Berlin 61

INHALTSANGABE

DAS VORWORT FÜR LAIEN

Es gibt Kinder, die ‚Emil und die Detektive' gelesen haben. Und es gibt Kinder, die das Buch noch nicht gelesen haben. Die einen will ich im weiteren Verlauf kurzerhand die ‚Fachleute' nennen und die anderen die ‚Laien'. Eine solche Einteilung empfiehlt sich, weil ich an jede der zwei Gruppen ein besonderes Vorwort zu richten habe.

„Ordnung muß sein", sagte Onkel Karl und schmiß auch noch den letzten Teller an die Wand.

Es sind tatsächlich zwei Vorworte nötig. Sonst könnte es womöglich geschehen, daß der alte Herr Schlaumeier den zweiten Band heimbringt und daß seine Kinder — also die kleinen Schlaumeier — ganz aufgeregt rufen: „Aber wir haben doch den ersten Teil noch nicht gelesen!" Und dann müßte Herr Schlaumeier senior das Buch sorgfältig wieder einwickeln, in den Buchladen zurückbringen und dort sagen: „Tut mir leid, Herr Buchhändler. Aus dem Geschäft kann nichts werden. Das Buch ist ja der zweite Band."

Sehr geehrte Laien! Auch wer den ersten Band noch nicht kennt, kann den zweiten lesen und verstehen. Verlaßt euch in dieser Angelegenheit ganz auf mich. Ich gehöre, was den Emil Tischbein betrifft, zu den ältesten Fachleuten, die es links und rechts der Elbe gibt.

Da fällt mir übrigens ein, daß ich euch ja schließlich kurz erzählen könnte, worum es sich im ersten Band handelt. Soll ich? Also gut.

Zuvor muß ich nur die Herren Fachleute bitten, weiterzublättern und gleich das zweite Vorwort aufzuschlagen. Was ich bis dahin erzählen werde, wissen sie längst.

Sehr geehrte Fachleute! Entschuldigt mich eine Weile. Auf Wiederhören im zweiten Vorwort! Parole Emil!

Der erste Band handelte von der ersten Reise des Neustädter Realschülers Emil Tischbein nach Berlin.

Emil sollte seiner Großmutter hundertvierzig Mark nach Berlin bringen. Aber das Geld wurde ihm in der Eisenbahn gestohlen, während er schlief. Emil hatte einen Mann im Verdacht, der Grundeis hieß und einen steifen Hut trug. Doch der Junge wußte erstens nicht, ob dieser Herr Grundeis tatsächlich der Dieb war. Und zweitens war Herr Grundeis, als Emil erwachte, nicht mehr im Abteil. — Der Junge war, wie ihr euch denken könnt, sehr verzweifelt. Am Bahnhof Zoo hielt der Zug. Emil blickte zum Fenster hinaus, sah einen Mann im steifen Hut und rannte, mit seinem Koffer und einem Blumenstrauß bewaffnet, hinter der schwarzen Melone her. Dabei sollte er aber erst am Bahnhof Friedrichstraße aussteigen!

Kinder, Kinder! Die Melone war wirklich Herr Grundeis! Emil folgte ihm. Der Mann stieg in eine Straßenbahn. Emil kletterte schleunigst auf den Anhänger. Und nun fuhr der kleine Neustädter Realschüler ohne einen Pfennig Geld durch das riesengroße, fremde Berlin. Er fuhr hinter seinen hundertvierzig Mark her und wußte nicht einmal, ob Herr Grundeis der richtige Dieb war.

Inzwischen wurde Emil von seiner Großmutter und seiner Kusine Pony Hütchen auf dem Bahnhof Friedrichstraße erwartet. Der Zug aus Neustadt kam. Doch wer nicht kam, war Emil! Sie wußten nicht, was sie davon denken sollten. Schließlich wanderten sie sehr besorgt nach Hause. Das heißt, wandern tat nur die Großmutter. Pony Hütchen fuhr auf ihrem Fahrrad neben der wandernden Großmutter her.

Herr Grundeis stieg auf der Kaiserallee an der Ecke Trautenaustraße von der Straßenbahn und setzte sich auf die Sommerterrasse des Café Josty.

(Er hatte selbstverständlich keine blasse Ahnung davon, daß er verfolgt wurde.)

Emil stieg ebenfalls aus und versteckte sich hinter einem Zeitungskiosk. Dort sprach ihn ein Berliner Junge an. Und diesem erzählte er, was geschehen war. Der Junge hieß Gustav mit der Hupe. Weil er in der Hosentasche eine Autohupe hatte.

Dieser Junge fegte nun laut hupend durch die Gegend und alarmierte seine Freunde. Mit diesen kam er zu Emil zurück. Sie hielten einen Kriegsrat ab. Sie gaben ihr Taschengeld her. Sie gründeten einen Bereitschaftsdienst, eine Telephonzentrale und andere notwendige Unterabteilungen.

Und als sich der ahnungslose Herr Grundeis auf der Kaffeehausterrasse satt gegessen hatte und in einer Autotaxe davonfuhr, fuhren Emil und die ,Detektive‘ in einer anderen Autotaxe hinterher.

Herr Grundeis nahm im Hotel Kreid am Nollendorfplatz ein Zimmer. Emil und seine Freunde ernannten den Hof des gegenüberliegenden Theaters zu ihrem Standquartier. Nur Gustav folgte dem Mann im steifen Hut und wurde im Hotel Kreid für einen Tag Liftboy. So erfuhren die Detektive, daß Herr Grundeis am nächsten Morgen um acht Uhr aufstehen wollte.

Na ja. Und als Herr Grundeis am nächsten Tag früh um acht ans Fenster trat, war der ganze Nollendorfplatz voller Kinder!

Aber ich will nicht zu viel erzählen. Wie die Verfolgung weiterging, kann sich jeder richtige Junge an den eigenen Fingern abklavieren. Ich muß nur noch hinzufügen, daß Herr

8

Grundeis tatsächlich der Dieb war und daß er nicht nur Grundeis hieß, sondern mindestens ein halbes Dutzend Familiennamen hatte. Das ist bei besseren Verbrechern bekanntlich immer so.

Jawohl. Und wenn Emil im Zug keine Stecknadeln bei sich gehabt hätte, hätte ihm Kriminalkommissar Lurje die hundertvierzig Mark wahrscheinlich gar nicht zurückgeben können. Die Stecknadeln waren nämlich die Beweise! Aber mehr verrate ich nun wirklich nicht. Über die Prämie von tausend Mark zum Beispiel sage ich kein Sterbenswort. Auch nicht über das Denkmal vom Großherzog Karl mit der schiefen Backe oder darüber, wie er eines Tages einen Schnurrbart und eine rote Nase bekam. Oder über Wachtmeister Jeschke, der hinter Emil mit einer Eisenbahn herfuhr, die von neun Pferden gezogen wurde. — Und daß schließlich Emils Mutter nach Berlin kam, behalte ich auch für mich.

Ein Mann muß, wenn es darauf ankommt, schweigen können.

Ich will nur noch erzählen, daß Emils Großmutter ganz zum Schluß sagte: „Geld soll man nur per Postanweisung schicken." Sie war, wie ihr seht, eine sehr gescheite alte Frau. Sie war es nicht nur. Sie ist es noch immer. Ihr werdet sie kennenlernen. Vorher muß ich nur noch das Vorwort für die Fachleute abdrucken lassen.

Ach richtig, die Fachleute!

DAS VORWORT FÜR FACHLEUTE

Zwei Jahre nach Emils Abenteuern mit Herrn Grundeis
hatte ich auf der Kaiserallee, an der bewußten Ecke Trautenaustraße, ein höchst seltsames Erlebnis.

Eigentlich wollte ich mit der Linie 177 nach Steglitz fahren.
Nicht, daß ich in Steglitz etwas Besonderes zu erledigen gehabt
hätte. Aber ich gehe gern in Stadtvierteln spazieren, die ich
nicht kenne und in denen man mich nicht kennt. Ich bilde mir
dann ein, ich sei irgendwo in der Fremde. Und wenn ich mich
dann so richtig einsam und verlassen fühle, fahre ich rasch wieder heim und trinke in meiner Wohnung gemütlich Kaffee.

So bin ich nun einmal.

Aber aus meiner Steglitzer Weltreise sollte an diesem Tage
nichts werden. Denn als die Straßenbahn kam und bremste und
ich gerade auf den Vorderwagen klettern wollte, stieg ein merk-
würdiger Mann ab. Er hatte einen steifen schwarzen Hut auf
und blickte sich um, als habe er ein ziemlich angeschmutztes
Gewissen. Er lief rasch an dem Vorderwagen vorbei, überquerte
die Straße und ging zum Café Josty hinüber.

Ich schaute gedankenvoll hinter dem Mann her.

„Wollen Sie mitfahren?" erkundigte sich der Schaffner bei
mir.

„Ich bin so frei", meinte ich.

„Na, dann beeilen Sie sich ein bißchen!" sagte der Schaffner
streng.

Aber ich beeilte mich keineswegs, sondern blieb wie angewurzelt stehen und starrte entgeistert auf den Anhängerwagen.

Von diesem Anhänger kletterte nämlich ein Junge herunter. Er trug einen Koffer und einen in Seidenpapier gewickelten Blumenstrauß und blickte sich nach allen Seiten um. Dann schleppte er den Koffer hinter den Zeitungskiosk, der sich an der Ecke befindet, setzte sein Gepäck ab und musterte die Umgebung.

Der Schaffner wartete noch immer auf mich. „Nun reißt mir aber die Geduld", sagte er dann. „Wer nicht will, der hat schon!" Er zog an der Klingelschnur, und die Straßenbahn 177 fuhr ohne meine werte Person nach Steglitz.

Der Herr im steifen Hut hatte auf der Terrasse des Cafés Platz genommen und sprach mit einem Kellner. Der Junge guckte vorsichtig hinter dem Kiosk hervor und ließ den Mann nicht aus den Augen.

Ich stand noch immer am gleichen Fleck und sah wie ein Ölgötze aus. (Hat übrigens jemand eine Ahnung, wie Ölgötzen aussehen? Ich nicht.)

Das war ja allerhand! Vor zwei Jahren waren Herr Grundeis und Emil Tischbein an genau derselben Ecke aus der Straßenbahn gestiegen. Und jetzt passierte die ganze Sache noch einmal? Da mußte doch wohl ein Irrtum vorliegen.

Ich rieb mir die Augen und blickte wieder zum Café Josty hin. Aber der Mann im steifen Hut saß noch immer da! Und der Junge hinterm Kiosk setzte sich müde auf seinen Koffer und zog ein betrübtes Gesicht.

Ich dachte: Das beste wird sein, wenn ich zu dem Jungen hingehe und frage: was das Ganze bedeuten soll. Und wenn er mir erzählt, man hätte ihm hundertvierzig Mark gestohlen, klettre ich auf den nächsten Baum.

Ich ging also zu dem Jungen, der auf dem Koffer saß, und sagte: „Guten Tag. Wo fehlt's denn?"

Aber er schien nicht nur auf dem Koffer, sondern auch auf den Ohren zu sitzen. Er antwortete nicht und blickte unausgesetzt nach dem Café hinüber.

„Hat man dir vielleicht zufällig 140 Mark gestohlen?" fragte ich.

Da blickte er auf, nickte und sagte: „Jawohl. Der Halunke dort drüben auf der Terrasse, der war's."

Ich wollte gerade mit dem Kopf schütteln und dann, weil ich's mir vorgenommen hatte, auf den nächsten Baum klettern, als es laut hupte. Wir fuhren erschrocken herum. Doch hinter uns stand gar kein Auto, sondern ein Junge, der uns auslachte.

„Was willst du denn hier?" fragte ich.

Er hupte noch einmal und meinte: „Mein Name ist Gustav."

Mir blieb die Spucke weg. Das war ja ein tolles Ding! Träumte ich auch ganz bestimmt nicht?

Da kam ein fremder Mann quer über die Trautenaustraße gerannt, fuchtelte mit den Armen, blieb dicht vor mir stehen und brüllte: „Machen Sie sich gefälligst schwach! Mischen Sie sich nicht in fremde Angelegenheiten! Sie schmeißen uns ja die ganze Außenaufnahme!"

„Was denn für 'ne Außenaufnahme?" fragte ich neugierig.

„Sie sind ja reichlich begriffsstutzig", meinte der wütende Mann.

„Das ist bei mir ein Geburtsfehler", entgegnete ich.

Die beiden Jungen lachten. Und Gustav mit der Hupe sagte zu mir: „Mann, wir drehen doch hier einen Film!"

„Natürlich", erwiderte der Junge mit dem Koffer. „Den Emil-Film. Und ich bin der Emil-Darsteller."

„Sehen Sie zu, daß Sie weiterkommen", bat mich der Filmonkel. „Zelluloid ist teuer."

„Entschuldigen Sie die kleine Störung", antwortete ich. Dann ging ich meiner Wege. Der Mann rannte zu einem großen Auto, auf dem eine Filmkamera montiert war und auf dem der Kameramann stand und nun wieder zu kurbeln begann.

Ich spazierte nachdenklich zum Nikolsburger Platz und setzte mich auf eine der Bänke. Dort blieb ich lange sitzen und blickte leicht verblüfft vor mich hin. Ich hatte zwar gewußt, daß die Geschichte von Emil und den Detektiven verfilmt werden sollte. Aber ich hatte es wieder vergessen. Na, und wenn man eine Geschichte wie diese nach zwei Jahren zum zweitenmal erlebt, mit Koffern, Blumensträußen und Hupen und steifen Hüten — ein Wunder ist es nicht, wenn einem die Augen vor Staunen aus dem Kopf treten...

Plötzlich setzte sich ein sehr großer, hagerer Herr zu mir. Er war älter als ich, trug einen Kneifer und blickte mich lächelnd an. Nachdem er ein Weilchen gelächelt hatte, sagte er: „Eine verrückte Sache, hm? Man denkt, man erlebt etwas Wirkliches. Und dabei ist es nur etwas Nachgemachtes." Dann sagte er, glaube ich, noch, die Kunst sei eine Fiktion der Realität. Aber er meinte es nicht böse. Und so redeten wir eine Zeitlang gescheit daher. Als uns diesbezüglich nichts mehr einfiel, meinte er: „Nachher wird hier auf unsrer friedlichen Bank der Kriegsrat der Detektive abgehalten werden."

„Woher wissen Sie denn das? Sind Sie auch vom Film?"

Er lachte. „Nein. Die Sache liegt anders. Ich warte hier auf meinen Sohn. Der will die Filmaufnahmen begutachten. Er war nämlich damals einer von den richtigen Detektiven."

Ich wurde munter und betrachtete meinen Nachbarn genauer. „Gestatten Sie, daß ich zu raten versuche, wer Sie sind?"

„Ich gestatte", meinte er vergnügt.

„Sie sind Justizrat Haberland, der Vater vom Professor!"

„Erraten!" rief er. „Aber woher wissen Sie denn das? Haben

Sie das Buch ‚Emil und die Detektive' gelesen?"

Ich schüttelte den Kopf. „Nein. Ich habe es geschrieben."

Das freute den Justizrat außerordentlich. Und binnen weniger Minuten unterhielten wir uns, als kennten wir uns seit der Konfirmation. Und ehe wir's uns versahen, stand ein Gymnasiast vor der Bank und zog seine Schülermütze.

„Da bist du ja, mein Junge", sagte Justizrat Haberland.

Ich erkannte den Professor auf den ersten Blick wieder. Er war seit damals gewachsen. Nicht sehr, aber immerhin. Ich hielt ihm die Hand entgegen.

„Das ist doch Herr Kästner", meinte er.

„Das ist er", rief ich. „Und wie gefallen dir die Filmaufnahmen, die sie von eurer Geschichte machen?"

Der Professor rückte seine Brille zurecht. „Sie geben sich alle Mühe. Kann man nicht leugnen. Aber ein Film wie dieser müßte selbstredend von Jungens geschrieben und gedreht werden. Erwachsene haben da nichts zu suchen."

Sein Vater, der Justizrat, lachte. „Er heißt noch immer der Professor. Aber eigentlich müßte er längst der ‚Geheimrat' genannt werden."

Na, und dann setzte sich der Professor zwischen uns und erzählte mir von seinen Freunden. Von Gustav mit der Hupe, der inzwischen zu seiner Hupe ein Motorrad bekommen habe. Und vom kleinen Dienstag. Dessen Eltern seien nach Dahlem hinausgezogen. Er komme aber noch oft in die Stadt, weil es ihm ohne seine alten Kameraden nicht gefalle. Und von Bleuer und Mittenzwey und Mittendrei und von Traugott und Zerlett. Ich erfuhr eine Menge Neuigkeiten. Und der böse Petzold sei immer noch derselbe tückische, ekelhafte Lümmel wie vor zwei Jahren. Dauernd hätten sie mit dem Kerl ihren Ärger.

„Was sagen Sie übrigens dazu?" meinte der Professor dann.

„Ich bin Hausbesitzer geworden." Er setzte sich gerade und sah furchtbar stolz aus.

„Ich bin fast dreimal so alt wie du", sagte ich, „und ich bin noch immer kein Hausbesitzer. Wie hast du das bloß gemacht?"

„Er hat geerbt", erklärte der Justizrat. „Von einer verstorbenen Großtante."

„Das Haus steht an der Ostsee", erzählte der Professor glücklich. „Und im nächsten Sommer lade ich Emil und die Detektive zu mir ein." Er machte eine Pause. „Das heißt, wenn's meine Eltern erlauben."

Der Justizrat blickte seinen Sohn von der Seite an. Und es sah sehr ulkig aus, wie sie einander gegenseitig durch ihre Brillengläser musterten. „Wie ich deine verehrten Eltern kenne", meinte dann der Justizrat, „werden sie nicht zu widersprechen wagen. Das Haus gehört dir. Ich bin nur der Vormund."

„Abgemacht!" sagte der Professor. „Und wenn ich später heiraten und Kinder kriegen werde, benehme ich mich zu ihnen genauso wie du zu mir."

„Vorausgesetzt, daß du so vorbildliche Kinder kriegst wie dein Vater", erklärte der Justizrat Haberland.

Der Junge lehnte sich dicht an den Justizrat und meinte: „Vielen Dank."

Damit war das Gespräch erledigt. Wir standen auf und gingen alle drei nach der Kaiserallee. Auf der Terrasse vom Café Josty stand der Schauspieler, der Herrn Grundeis zu spielen hatte. Er hatte seinen steifen Hut abgenommen und trocknete sich die Stirn mit dem Taschentuch. Vor ihm standen der Regisseur, der Kameramann und jener Mann, der mich am Zeitungskiosk so angeschnauzt hatte.

„Das halte ich nicht länger aus", rief der Schauspieler, der den Herrn Grundeis zu spielen hatte, ärgerlich. „Davon wird man ja magenkrank! Zwei Eier im Glas soll ich essen! Das steht im Film-Manuskript. Zwei Eier! Nicht mehr! Nun hab' ich schon acht Eier gefressen, und ihr seid mit der Aufnahme noch immer nicht zufrieden!"

„Das hilft nun alles nichts", sagte der Regisseur. „Die Aufnahme muß immer noch einmal gemacht werden, mein Lieber."

Der Schauspieler setzte sich den steifen Hut auf, blickte gequält zum Himmel empor, winkte dem Kellner und erklärte traurig: „Herr Ober, bitte noch zwei Eier im Glas!" Der Kellner notierte die Bestellung, schüttelte den Kopf und sagte: „Das wird aber ein teurer Film!" Dann machte er sich aus dem Staube.

ZEHN BILDER
KOMMEN JETZT ZUR SPRACHE

Erstens: Emil persönlich

Da ist er wieder! Seit wir ihn zum letzten Male sahen, sind mehr als zwei Jahre vergangen. Er ist inzwischen größer geworden. Und einen neuen blauen Sonntagsanzug hat er auch. Mit langen Hosen natürlich! Aber wenn der Junge so schnell weiterwächst, kann er sie im nächsten Jahr als kurze Hosen auftragen. Sonst hat er sich wenig verändert. Er ist noch immer der freiwillige Musterknabe von damals. Er hat seine Mutter noch genau so lieb wie früher. Und manchmal, wenn sie beisammensitzen, sagt er ungeduldig: „Hoffentlich verdiene ich bald viel Geld. Dann darfst du aber nicht mehr arbeiten." Und sie lacht und sagt: „Fein, dann fange ich Fliegen."

Zweitens: Oberwachtmeister Jeschke

Die Überschrift stimmt. Aus dem Wachtmeister Jeschke in Neustadt ist ein Oberwachtmeister geworden. Die Sache mit dem bemalten Denkmal ist längst in Vergessenheit geraten. Und der Herr Oberwachtmeister kommt sogar manchmal, wenn er dienstfrei hat, zu Tischbeins zum Kaffeetrinken. Vorher kauft er dann jedesmal beim Bäcker Wirth eine große Portion Kuchen. Und Frau Wirth, die ja eine Kundin von Frau Friseuse Tischbein ist, sagte erst neulich zu ihrem Mann, dem Bäckermeister Wirth: „Du, Oskar, fällt dir nichts auf?" Und als er den Kopf schüttelte, meinte sie: „Ein Glück, daß das Pulver schon erfunden ist!"

Drittens: Das Erbe des Professors

Das also ist das Haus, das der Professor von seiner Tante geerbt hat. Es liegt in Korlsbüttel an der Ostsee. Irgendwo zwischen Travemünde und Zinnowitz. Die tote Tante war, als sie noch lebte, eine leidenschaftliche Gärtnerin. Und der Garten, in dem das einstöckige alte Haus liegt, ist eine Sehenswürdigkeit. Der Badestrand ist ganz in der Nähe. Man kann gleich im Schwimmtrikot hinspazieren. Drei Minuten durch einen grün dämmernden Erlenbruch — und schon steht man oben auf den Dünen. Drunten breitet sich die Ostsee. Und die hölzerne Brücke, an der die Küstendampfer anlegen, reicht fast bis an den Horizont.

Viertens: Gustav mit der Hupe

Kennt ihr die Geschichte von dem Mann, der einen Knopf fand und sich dazu einen Anzug machen ließ? So ähnlich ging's mit Gustav. Erst hatte er nur eine Hupe. Und dann piesackte er seinen Vater so lange, bis ihm der ein Motorfahrrad dazuschenkte. Es ist natürlich keine sehr schwere, sondern eine führerscheinfreie Maschine. Aber den Bewohnern der Nachbarhäuser genügt der Krach, den Gustav macht, auch so. Wenn er, in seinem Trainingsanzug, aufspringt oder ratternd um die Ecke biegt, denkt man mindestens: Der deutsche Motorradmeister kommt. Die Schularbeiten gucken mittlerweile in den Mond. „Ach, Mensch", sagt Gustav, „in der Penne rutsche ich so mit durch. Ich bin der Vorletzte. Das genügt mir."

Fünftens: Fräulein Hütchen

Wenn ein Junge vierzehn Jahre alt wird, ist er noch immer ein richtiger Junge, vielleicht sogar ein Lausejunge. Wenn aber ein Mädchen in dieses Alter kommt, wird es eine junge Dame. Und wehe, wenn man dann so'n Frollein auslacht! Oder wenn man sagt: „Gib nicht so an, du Göre!" Da kann man anschließend sein himmelblaues Wunder erleben. Pony Hütchen ist natürlich in den letzten Jahren nicht gerade ein Affe geworden. Dazu ist sie ja ein viel zu patenter Kerl. Aber früher war sie ein halber Junge. Und heute ist sie ein halber Backfisch. Die Großmutter sagt oft zu ihr: „Laß dir Zeit, mein Kind, laß dir Zeit, mein Kind; 'ne alte Schachtel wirst du früh genug."

Sechstens: Der Eisenbahn-Dampfer

Habt ihr schon einmal ein Trajekt gesehen? In Saßnitz? Oder in Warnemünde? Oder in Stralsund? Das sind merkwürdige Dampfer! Sie legen am
Bahnhof an, sperren das Maul auf, und plötzlich fährt ein Zug aufs Schiff.
Und dann fahren sie mit einer ganzen Eisenbahn im Bauch über die Ostsee
weg. Bis nach Dänemark oder Rügen oder Schweden. Dort landen sie, und
der Zug fährt vom Dampfer herunter und auf dem Festland weiter, als sei
überhaupt nichts gewesen. Das ist eine Sache, was? Mit der Eisenbahn
fahren ist schön. Mit dem Dampfer fahren ist schön. Wie schön muß es erst
sein, mit der Eisenbahn Dampfer zu fahren!

Siebentens: The three Byrons

The three Byrons, die drei Byrons also, spielen in unsrer Geschichte keine unwichtige Rolle. Sie sind Artisten und treten in Varietés auf. Manchmal auch im Zirkus oder im Kabarett. Der eine Byron ist der Vater, und die zwei andren Byrons sind die Söhne. Die Söhne heißen Mackie und Jackie. Sie sind Zwillinge, aber Jackie ist größer als Mackie. Der alte Byron ist darüber böse. Aber was soll Jackie machen? Er wächst. Andre kleine Jungen freuen sich, wenn sie wachsen. Jackie Byron ist außer sich.

Achtens: Ein alter Bekannter

Das, was ihr hier seht, ist ein Pikkolo. Also ein kleiner Hotelangestellter, der später einmal Kellner werden will. Oder Oberkellner. Oder Empfangs-Chef. Vorläufig ist er noch Pikkolo und hilft im Hotel beim Tischdecken und beim Tellertragen. Pikkolo zu sein ist ein anstrengender Beruf. Manch-mal hat man allerdings ein paar Stunden frei. Dann kann man rasch ins Familienbad rennen und bis zur Sandbank schwimmen. Oder sich auf die große Tube aus Gummi setzen, die fürs Zähneputzen Reklame macht. Und dann trifft man vielleicht sogar alte Bekannte aus Berlin und erinnert sich an längst vergangene Zeiten.

Neuntens: Der Herr Kapitän Schmauch

Daß es sich um eine alte Wasserratte handelt, sieht man dem obigen Herrn tausend Meter gegen den Wind an. Er ist Kapitän und besitzt einen Handelsdampfer, mit dem er auf der Ostsee herumschifft. Manchmal hat er Holz geladen. Manchmal Kohlen. Manchmal schwedisches Eisen. Und manchmal zuviel Rum. Na ja, das kann vorkommen. Seewind macht durstig. Kapitän Schmauch hat in Korlsbüttel ein Häuschen. Und im Hafen liegt ein tüchtiges Segelboot, das ihm gehört. Und ehe ich's vergesse: Der Pikkolo ist sein Neffe. Es gibt überhaupt viel mehr Verwandte auf der Welt, als man glaubt.

Zehntens: Die Insel mit der Palme

Nicht weit von der Ostseeküste entfernt liegt mitten im Meer eine ganz,
ganz kleine Insel. Früher einmal hat ein Fischer aus Spaß eine Topfpalme
zu dem Inselchen hinübergerudert und sie dort in den Sand gepflanzt. Da
steht nun die afrikanische Palme im nördlichen Sand und im Strandhafer
und ist ein ziemlicher Strunk geworden. Der Anblick könnte einen Hund
jammern, wenn's auf der Insel Hunde gäbe. Aber sie ist vollkommen un-
bewohnt. Erstens besteht sie nur aus Sand, und zweitens ist sie viel zu
klein zum Draufwohnen. Wenn man beim Schlafen aus dem Bett rollte,
fiele man mitten in die Ostsee. Und nun nimmt die Geschichte ihren Anfang.

OBERWACHTMEISTER JESCHKE HAT EIN ANLIEGEN

Herr Oberwachtmeister Jeschke hatte einen dienstfreien Nachmittag. Er war mit einem sehenswürdigen Kuchenpaket bei Tischbeins erschienen. Emils Mutter hatte Kaffee gekocht. Mit echtem Karlsbader Zusatz! Und nun saßen die drei an dem runden Tisch in der guten Stube und entwickelten Appetit. Der große Kuchenteller wurde langsam leer. Emil bekam kaum noch Luft. Und Herr Jeschke erzählte, der Neustädter Bürgermeister wolle die alte Pferdebahn abschaffen und eine richtige elektrische Straßenbahn bauen lassen. Es sei nur noch eine Geldfrage.

Emil fragte: „Warum denn nicht gleich 'ne Untergrundbahn? Wenn unsere Pferdebahn verschwindet, ist Neustadt nur noch halb so schön. Elektrische Straßenbahnen gibt's schließlich überall."

Aber seine Mutter sagte: „Wenn es nur noch eine Geldfrage ist, behält Neustadt seine Pferdebahn bis zum Jüngsten Tag."

Daraufhin nahm Emil getröstet das letzte Stück Apfelkuchen vom Teller und tat seine Pflicht.

Der Oberwachtmeister erkundigte sich höflich, ob man rauchen dürfe. Frau Tischbein sagte: „Aber selbstverständlich, Herr Jeschke!" Der Gast holte eine große schwarze Zigarre aus dem Lederetui, zündete sie an und hüllte sich in dichte blaugraue Wolken.

Dann erhob sich Frau Tischbein, setzte die Tassen und Teller zusammen, trug das Geschirr in die Küche, kam zurück und erklärte, sie wolle rasch in die Drogerie laufen und Teerseife besorgen. In einer Stunde komme Frau Homburg zur Kopfwäsche.

Emil stand auf und kaute schnell hinter.

„Nein, mein Junge", meinte die Mutter. „Ich gehe selber."

Emil sah sie verwundert an.

Herr Jeschke blickte zu Frau Tischbein hinüber, verschluckte bei dieser Gelegenheit zu viel Zigarrenrauch und kriegte das Husten. Als er damit fertig war, sagte er: „Emil, ich möchte mit dir reden. Gewissermaßen unter Männern."

Draußen schlug die Vorsaaltür ins Schloß. Frau Tischbein war fort.

„Bitte schön", meinte Emil. „Ganz wie Sie wünschen. Ich begreife bloß nicht, wieso meine Mutter plötzlich davonrennt. Besorgungen gehören nämlich in mein Fach."

Der Oberwachtmeister legte die Zigarre auf den Aschenbecher, schlug ein Bein übers andere und schnippte mit den Fingern Asche von seiner Litewka. (Es lag aber gar keine Asche drauf.) Er sagte: „Deine Mutter ist vielleicht gegangen, damit wir zwei uns in aller Ruhe unterhalten können." Dann blickte er verlegen an die Zimmerdecke.

Emil schaute gleichfalls nach oben. Es gab aber gar nichts zu sehen.

Der Oberwachtmeister holte seine Zigarre vom Tisch herüber und fragte unvermittelt: „Bin ich dir eigentlich sehr unsympathisch?"

Emil fiel fast vom Stuhl. „Wie kommen Sie denn darauf? Das ist eine komische Frage, Herr Jeschke." Er dachte nach. „Früher hab' ich allerdings große Angst vor Ihnen gehabt."

Der Oberwachtmeister lachte. „Wegen des Denkmals, was?"

Der Junge nickte. „Solche Dummheiten haben wir doch auch gemacht, als wir Schuljungen waren."

Emil staunte. „Sie auch? Persönlich?"

Der Polizeibeamte meinte: „Höchstpersönlich!"

„Dann sind Sie mir sympathisch", erklärte Emil.

Herr Jeschke schien sich darüber zu freuen. Dann sagte er: „Ich muß dich nämlich etwas Wichtiges fragen. Mit deiner Mutter habe ich schon am vorigen Sonntag darüber gesprochen. Aber sie meinte, es komme auf dich an. Wenn es dir nicht recht sei, könne nichts daraus werden."

„So, so", meinte Emil. Er dachte eine Weile nach. Dann erklärte er: „Seien Sie mir nicht böse. Aber ich verstehe kein Wort."

Der andere betrachtete seine Zigarre. Und weil sie inzwischen ausgegangen war, brannte er sie umständlich wieder an. Dann meinte er: „Es ist schwer, mit einem so großen Jungen darüber zu sprechen. — Erinnerst du dich an deinen Vater?"

„Fast gar nicht. Ich war fünf Jahre alt, als er starb."

Der Oberwachtmeister nickte. Dann sagte er schnell: „Ich möchte nämlich deine Mutter heiraten!" Und dann hustete er eine Weile. Als er wieder zu sich kam, fuhr er fort: „Ich kann in den Innendienst kommen. Und später werde ich Inspektor. Die Prüfung bestehe ich sicher. Wenn ich auch keine Realschule besucht habe — ich bin soweit kein dummer Kopf. Als Inspektor verdiene ich ganz hübsch. Und du könntest sogar studieren, wenn du Lust dazu hast."

Emil strich ein paar Kuchenkrümel von der bunten Tischdecke. Der Oberwachtmeister sagte: „Wenn du es nicht möchtest, heiratet sie mich nicht."

Der Junge stand auf und trat zum Fenster. Er blickte auf die Straße hinaus. Dann drehte er sich um und meinte leise: „Ich muß mich nämlich erst an den Gedanken gewöhnen, Herr Jeschke."

„Selbstverständlich", antwortete der Mann.

Emil schaute wieder aus dem Fenster. ‚Eigentlich habe ich

mir's ja anders vorgestellt', dachte er bei sich, während seine Augen einem Lastwagen nachblickten. ,Selber wollte ich Geld verdienen. Viel Geld. Damit sie nicht mehr zu arbeiten braucht. Und ich wollte das ganze Leben mit ihr zusammenbleiben. Wir beide allein. Niemand außerdem. Und nun kommt ein Polizist und will ihr Mann werden!'

Da bog seine Mutter um die Ecke. Sie ging sehr rasch über die Straße und blickte angespannt geradeaus.

Emil zog die Gardine vors Gesicht. ,Jetzt muß ich mich entscheiden', dachte er. ,Und ich darf dabei nicht an mich denken. Das wäre gemein. Sie hat immer nur an mich gedacht. Sie hat ihn gern. Ich darf mir auf keinen Fall anmerken lassen, daß ich traurig bin. Ich muß sogar sehr fidel sein. Sonst verderbe ich ihr die Freude.'

Er holte tief Atem, drehte sich um und sagte laut: „Es ist mir recht, Herr Jeschke."

Der Oberwachtmeister stand auf, kam zu ihm hin und drückte ihm die Hand. Da ging auch schon die Tür auf. Die Mutter trat hastig in die Stube und blickte ihren Jungen forschend an. Der dachte noch einmal blitzschnell: ,Nun aber fidel sein!' Dann hakte er sich bei Jeschke unter, lachte und sagte zu seiner Mutter: „Was sagst du dazu! Der Herr Oberwachtmeister hat eben bei mir um deine Hand angehalten!"

Als Frau Homburg zur Kopfwäsche erschien, zog Jeschke, der Bräutigam, vergnügt ab. Zum Abend war er wieder da und brachte Blumen mit. Und ein halbes Pfund feinen Aufschnitt. Und eine Flasche Süßwein. „Zum Anstoßen", meinte er. Nach dem Abendbrot stießen sie also an. Emil hielt eine feierliche Ansprache, über die Herr Jeschke sehr lachen mußte. Frau Tischbein saß zufrieden auf dem Sofa und streichelte Emils Hand.

„Mein lieber Junge", erklärte Herr Jeschke, „ich danke dir für deine Glückwünsche. Ich bin riesig froh über alles und habe jetzt nur noch eine Bitte. Du sollst nicht Vater zu mir sagen. Das fände ich nämlich merkwürdig. Ich werde bestimmt wie ein Vater zu dir sein. Das steht auf einem anderen Blatt. Aber die Bezeichnung als solcher kommt mir nicht zu."

Insgeheim war Emil recht froh über den Vorschlag. Laut sagte er: „Zu Befehl, Herr Oberwachtmeister. Wie soll ich Sie denn nun aber anreden? Guten Tag, Herr Jeschke — das klingt auf die Dauer ein bißchen komisch. Finden Sie nicht?"

Der Bräutigam erhob sich. „Zunächst trinken wir beide Brüderschaft miteinander. Ich duze dich zwar schon. Aber nun mußt du mich auch duzen."

Sie tranken Brüderschaft.

„Und wenn du künftig das Bedürfnis spüren solltest, mich mit einem Namen zu benennen", meinte Herr Jeschke, „so möchte ich vorsorglich darauf hinweisen, daß ich Heinrich heiße. Ist das soweit klar?"

„Zu Befehl, Heinrich!" sagte Emil.

Und als er seine Mutter lachen hörte, war er selig.

Nachdem Heinrich Jeschke nach Hause abmarschiert war, gingen die beiden Tischbeins schlafen. Sie gaben sich, wie immer, einen Gutenachtkuß. Und dann legte sich jeder in sein Bett. Aber obwohl sie sich schlafend stellten, lagen sie noch lange wach.

Emil dachte: ‚Sie hat nichts gemerkt. Sie denkt, ich bin gar nicht traurig. Nun kann sie Herrn Jeschke heiraten und so glücklich werden, wie ich's ihr wünsche. Er ist ja auch ein netter Mensch.'

Und Emils Mutter dachte: ‚Ach, bin ich froh, daß der Junge

POST AUS BERLIN UND POST NACH BERLIN

Als Emil am nächsten Mittag aus der Schule kam, gab ihm
seine Mutter einen Brief und sagte: „Ein Brief an dich. Aus
Berlin."
„Von Pony Hütchen?"
„Nein. Es ist keine bekannte Handschrift."
„Was steht denn drin?"
„Aber Junge!" rief Frau Tischbein erstaunt. „Ich werde doch
deine Briefe nicht aufmachen!"
Er lachte. „Na hör mal! Seit wann haben wir denn Geheim-
nisse voreinander?" Dann brachte er seine Schulmappe schnell
ins Nebenzimmer und dachte: ‚Seit gestern! Seit Herrn Jeschke!'
— Als er zurückkam, setzte er sich aufs Sofa, öffnete den Brief
und las:

Mein lieber Emil!

Wir haben ja lange nichts vonein-
ander gehört, was? Ich hoffe, dass es
Dir trotzdem gut geht. Ich meinerseits
kann nicht klagen. Mir ist zwar vor-

mehreren Wochen eine Grossmutter gestorben. Aber ich kannte sie nur sehr ungenau. Da wird man nicht sehr traurig, wenn wer stirbt. Und damit komm ich nun auf den eigentlichen Grund meines heutigen Schreibens. Die Grosstante hat mir nämlich ihr Haus vererbt. Es liegt direkt an der Ostsee. In S Kordshüttel, wenn wenn du's kennst Das ist ein Bade ort. Und ausserdem liegt mein Haus in einem ziemlich grossen, sehr schönen Garten. Merkst du was? Pass einmal gut auf. Die Grossen Ferien stehen be kanntlich vor der Tür, wie man zu sagen pflegt. Und seit ich Hausbesi

...er bin, habe ich eine grossartige Idee. Ich möchte Dich und deine Dedektive vielmals einladen, die Sommerferien in meinem Eigentum an der Ostsee zu verbringen. Meine Eltern haben es erlaubt und würden sich sehr freuen. Wirklich sehr! Sie werden zwar auch in meinem Hause wohnen. Aber das braucht uns weiter nicht zu stören. Du weisst ja von damals, wie prima ich mit meinen alten Herrschaften auskomme. Ausserdem hat das Gebäude eine erste Etage. Mehr kann man nicht verlangen.

Gustav hat schon zugesagt. Und
die Erlaubniss seiner Eltern hat er
auch. Auch. Aber nicht nur er will
kommen! Sondern auch, nun
halte dich fest, Deine Kusine Rony
Heimbold, genannt Hütchen Sowie
deine Grossmutter, die uns alle so
fabelhaft gefallen hat. Sie wollen
alle mitkommen, wenn du auch
kommst. Vielleicht auch noch der
kleine Dienstag. Wenn seine Mutter
nicht nach Bad Nauheim muss. Da muss
er mit. Es hängt noch vom Arzt ab.
Ob er ihr die See erlaubt. Sie hat es
mit dem Herzen.

Du siehst also, es wird eine tolle Angelegenheit. Nun gib Dir einen Rippenstoss und sage ja, Du alter Räuberhauptmann! Deine Mutter wird sicher nichts dagegen haben. Wo doch doch Deine Grossmutter und Pony dabei sind. Was hältest Du von der Sache? Wir holen Dich in Berlin ab, wenn Du eintriffst. Damit Du nicht wieder am verkehrten Bahnhof aussteigst

Und dann fahren wir zusammen zum Stettiner Bahnhof und von dort an die See. In mein Haus. Ehe ich's vergesse: Geld brauchst Du natürlich keines. Wir nehmen

unser Dienstmädchen Klotilde mit.
Die kocht sogar prima. Das ist
aber sehr preiswert. Und ob ein
paar mehr mitfuttern, das spielt
gar keine Rolle. Das sagt meine
Mutter.

Und das Fahrgeld stiftet mein Vater, soll ich Dir ausrichten. Die
Tante hat nämlich nicht nur mein
Haus hinterlassen, sondern auch
ihr Geld. Und das hat mein Vater
geerbt. Nicht ich.

Du sollst nur schreiben, ob du mit-
kommst. Dann schickt er Dir sofort das Fahrgeld. Ich freue mich
so, Dich endlich wiederzusehen.
Und entschuldige, dass ich um Geld

schreibe. Du sagtest damals, wenn man Geld hätte, spräche man nicht darüber. Ich habe es nicht vergessen: Aber in diesem Falle muss ich doch darüber sprechen! Weil du sonst vielleicht nicht kommen könntest. Und dann machten mir die ferien keinen Spass mehr. Und die ganze Ostsee fiele ins Wasser. Gewissermassen.

Lieber Emil! Ich sehe Deiner Antwort voller Spannung entgegen, grüsse Dich von meinen Eltern und von mir und bleibe immer

Dein Theodor Haberland
genannt der Professor.

Nota Bene: Vor ein paar Monaten, kurz nach meiner Erbschaft, wurde hier in Berlin der Emil-Film gedreht. Ich habe es mir angesehen. Es ist sehr seltsam, wenn es ne unwirkliche Geschichte plötzlich zu einem Film verarbeitet wird. Es ist ganz ähnlich, und es ist trotzdem ganz, ganz anders. Mein Vater sagt dass selbe, der Film soll bald herauskommen. Ich bin sehr gespannt. Du auch? Nochmals viele, viele Grüsse und antworte bald.
                                    Deinem Professor.

Nota Optime: Eh ich's vergesse, —
Parole Emil!

Nachdem Emil den Brief zu Ende gelesen hatte, gab er ihn seiner Mutter und verschwand im Nebenzimmer. Dort packte er die Schulmappe aus, klappte das Geometrieheft auf und tat, als ob er seine Hausaufgaben mache. Er starrte aber nur vor sich hin und dachte angestrengt nach.

Er dachte: ‚Es ist bestimmt gut, wenn ich an die Ostsee fahre. Ich blieb allerdings lieber hier. Aber vielleicht bin ich dem Oberwachtmeister Jeschke im Wege. Wenn auch nur ein kleines bißchen. Schließlich ist er seit gestern Mutters Bräutigam. Und sie hat ihn gern. Darauf muß man als Sohn Rücksicht nehmen!‘

Frau Friseuse Tischbein freute sich über den Brief des Professors. Das würden für ihren Emil wunderbare Ferien werden! Er wird mir zwar an allen Ecken und Enden fehlen. Aber das muß ich ihm ja nicht auf die Nase binden. Sie ging ins andere Zimmer hinüber.

Emil sagte: „Muttchen, ich denke, ich werde die Einladung annehmen.“

„Natürlich wirst du“, entgegnete sie. „Der Brief ist ja so reizend abgefaßt. Nicht? Du muß mir nur versprechen, daß du nicht zu weit hinausschwimmst. Sonst kommt eine große Welle. Oder ein Strudel. Und dann hätte ich keine ruhige Minute!“

Er versprach es hoch und heilig.

Sie meinte: „Nur mit dem Fahrgeld, das dir der Justizrat schicken will, bin ich ganz und gar nicht einverstanden. Das Fahrgeld holen wir von der Sparkasse. Es wird schon den Kopf nicht kosten.“ Sie streichelte den Jungen, der über das Geometrieheft gebeugt saß. „Schon wieder bei den Schularbeiten? Geh doch bis zum Essen noch ein bißchen an die frische Luft!“

„Gerne“, sagte er. „Kann ich dir irgend etwas besorgen oder bei sonst was helfen?“

Sie schob ihn zur Tür. „Hinaus mit dir! Wenn das Menü fertig ist, rufe ich dich.“

Emil ging in den Hof, setzte sich auf die Treppe, die zur Waschküche hinunterführte, und zupfte nachdenklich das Gras aus den Ritzen der schiefgetretenen Stufen.

Plötzlich sprang er auf, lief im Galopp aus dem Haustor, die Straße hinunter, bog in die Sporengasse ein, rannte durch die Webergasse, stand am Obermarkt still und sah sich suchend um.

Drüben reihten sich die Zeltbuden der Obst- und Gemüsehändler, die irdenen Batterien der Töpfer, die Stände der Gärtner und Metzger. Und durch diese bunten Marktreihen spazierte, die Hände würdevoll auf dem Uniformrücken verschränkt, Herr Oberwachtmeister Jeschke und übte Aufsicht.

Bei einer Hökerfrau blieb er stehen. Sie gestikulierte. Er zog ein Notizbuch zwischen den Rockknöpfen hervor, schrieb irgendeine wichtige Bemerkung hinein und schritt sehr gemessen weiter. Die Leute, die auf dem Markt einkauften, und die Hökerfrauen rotteten sich zusammen und tuschelten.

Der Junge ging quer über das bucklige Katzenkopfpflaster des Platzes weg, bis er den Oberwachtmeister erreicht hatte.

„Hallo!" rief dieser. „Suchst du etwa mich?"

„Jawohl, Herr Jeschke, ich wollte sagen: jawohl, Heinrich", meinte Emil. „Ich wollte dich etwas fragen. Ein Berliner Freund von mir hat nämlich an der Ostsee ein Haus geerbt. Und er hat mich für die Großen Ferien eingeladen. Meine Großmutter und Pony Hütchen übrigens auch."

Herr Jeschke klopfte Emil auf die Schulter. „Meinen herzlichsten Glückwunsch. Das ist ja fabelhaft!"

„Nicht wahr?"

Der Polizeigewaltige blickte seinen zukünftigen Stiefsohn liebevoll an.

„Erlaubst du, daß ich das Reisegeld spendiere?"

Emil schüttelte energisch mit dem Kopf. „Ich habe ja mein eignes Sparkassenbuch."

„Schade."

„Nein, Heinrich. Ich komme wegen etwas ganz anderem."

„Weswegen denn?"

„Es ist wegen meiner Mutter, weißt du? Wenn du nicht gerade gestern ... Ich meine, sonst würde ich sie bestimmt nicht allein lassen. Und ich fahre überhaupt nur, wenn du mir fest versprichst, daß du jeden Tag mindestens eine Stunde bei ihr bist. Sonst wird sie nämlich — ich kenne sie doch sehr genau, und ich möchte nicht, daß sie sich in der Zeit ganz allein fühlt." Emil machte eine Pause. Das Leben war doch manchmal recht schwer. „Du mußt mir dein Ehrenwort geben, daß du dich um sie kümmerst. Sonst fahre ich nicht fort."

„Ich verspreche es dir. Ohne Ehrenwort. Mit Ehrenwort. Wie du's verlangst, mein Junge."

„Dann ist ja alles in Ordnung", erklärte Emil. „Also jeden Tag. Nicht wahr? Ich werde zwar sehr viele Briefe schreiben. Aber Geschriebenes ist eben doch nicht das Richtige. Es muß immer jemand da sein, den sie liebhat. Ich erlaube nicht, daß sie traurig wird!"

„Ich komme täglich", versprach Herr Jeschke. „Mindestens eine Stunde. Wenn ich mehr Zeit habe, bleibe ich länger."

„Danke schön!" sagte Emil. Dann machte er kehrt und galoppierte den Weg, den er gekommen war, zurück.

Im Hof setzte er sich wieder auf die Treppenstufen, zupfte Grashalme aus den Ritzen und tat, als sei er nie fortgewesen.

Fünf Minuten später blickte Frau Tischbein aus dem Küchenfenster. „He, junger Mann!" rief sie laut. „Platz nehmen zum Mittagessen!"

Er schaute lächelnd hoch. „Ich komme, Muttchen!"

Ihr Kopf verschwand wieder.

Da stand er langsam auf und trat ins Haus.

Am Nachmittag ließ er sich von seiner Mutter Briefpapier geben, setzte sich an den Tisch und schrieb an den Gymnasiasten Theodor Haberland, wohnhaft in Berlin-Wilmersdorf, folgenden Brief:

Mein lieber Professor!
Vielen herzlichen Dank für
dein Schreiben, über das ich mich
mächtig gefreut habe. Daß Du
Hausbesitzer geworden bist,
ist fantastisch. Noch dazu
an der Ostsee: Meine Glückwün=
sche! Ich war noch nicht dort.
Aber in Erdkunde war bei uns
neulich die Mecklenburgische
Seenplatte und die Ostseeküste

dran. Ich kann mir alles vorstellen. Die Dünen, die großen
Schiffe, die Backsteinkirchen.
die Häfen, die Strandkörbe
und so. Es muß sehr schön sein,
glaube ich.
Und es ist noch viel schöner, daß
Du mich eingeladen hast, Dich
zu besuchen. Ich nehme die Einladung dankbar an und danke
Dir und Deinen Eltern kolossal dafür. Ich freue mich auf
Dich, den Gustav und den
kleinen Dienstag. Denn ich habe
alle die mir damals so geholfen

haben, gern. Und daß Du auch
Pony und die Großmutter
eingeladen hast, finde ich
enorm.

Wenn in Deiner Villa nicht genug
Platz ist, bauen wir Jungens
in Deinem Garten ein Zelt
und leben wie die Beduinen
in der Wüste. Die Bettücher
nehmen wir als Burnusse. Und
jeder muß nachts eine Stunde
Wache halten. Damit die andern ruhig schlafen können.
Aber das hat ja noch Zeit.
An meine Großmutter und an

Pony schreibe ich heute auch
noch. Und daß Ihr mich an
der Bahn abholen wollt, ist
ein schöner Zug von Euch.
Na diesmal lasse ich mir das
Geld nicht wieder klauen.
Und wenn ich mir's in einen
Schuh stecken soll!
Sage Deinem Vater daß ich ihm
für sein Angebot danke, was
das Reisegeld betrifft. Doch ich
möchte es von meinem Sparkassenbuch abheben. Ich habe
nämlich noch siebenhundert
Mark von damals, weißt

Du. Für die anderen drei=
hundert Mark kaufte ich
meiner Mutter wie es be =
sprochen war, einen Elek=
trischen Haartrockenapparat
und einen warmen Wintermann=
tel. Er sieht immer noch sehr
anständig aus. Meine Mutter
schont ihre Sachen fabelhaft.
Dann lässt meine Mutter noch
Deine Mutter höflich fragen,
ob ich Bettwäsche mitbringen
soll. Und wieviel Handtü=
cher. Und ob ich an der Ostsee
einen Badeanzug brauche.

Ich habe nur rote Badehosen
und die sind manchmal in
feineren Bädern verboten.
Und noch eins, fahrt Ihr
auch 3. Klasse? Weil wir sonst
nicht im selben Abteil fahren
könnten. 2. Klasse ist viel
teurer. Und in der 3. Klasse
kommt man genau so schnell
an Ort und Stelle, nicht?
Du musst mir wenn wir in
Deiner Villa wohnen, aus=
führlich erzählen wie es
war, als Du beiden Aufnah=
men zum Emil-Film zuge=

sehen hast. Hoffentlich kön=
nen wir uns den Film bald
im Kino anschauen. Vielleicht
sogar zusammen!

Herzliche Grüsse von meiner
Mutter und mir an Dich
und unsere Empfehlungen an
Deine freundlichen Eltern und
noch einmal besten Dank!
Ich freue mich. Parole Emil!
Immer

        Dein getreuer Emil Tischbein

EMIL SETZT SICH IN BEWEGUNG

Die schlimmen Tage und Stunden, auf die man warten muß, kommen mit Windeseile. Sie nahen wie schwarze, regenschwere Wolken, die der Sturm am Himmel vor sich hertreibt.

Die heiteren Tage jedoch, die lassen sich Zeit. Es ist, als sei das Jahr ein Labyrinth, und sie fänden den Weg nicht heraus und erst recht nicht zu uns.

Aber eines Morgens sind die Sommerferien schließlich doch da! Zeitig wie immer wacht man auf und will aus dem Bett springen. Dann besinnt man sich. Man muß ja gar nicht zur Schule! Faul dreht man sich zur Wand und schließt die Augen.

Ferien! Das klingt wie zwei Portionen gemischtes Eis mit Schlagsahne. Noch dazu Große Ferien!

Dann blinzelt man vorsichtig zum Fenster hinüber und merkt: Die Sonne scheint. Der Himmel ist blau. Der Nußbaum vorm Fenster rührt kein Blatt. Es ist, als stehe er auf den Zehen und blinzle ins Schlafzimmer. Man ist stillvergnügt und selig und bisse sich, wenn man nicht zu faul dazu wäre, am liebsten in die Nase.

Doch plötzlich springt man wie angestochen aus den Federn. Alle Wetter, man muß ja verreisen! Der Koffer ist noch nicht fertiggepackt!

Man rast, ohne in die Pantoffeln zu fahren, aus der Schlafstube hinaus und schreit schon im Korridor: „Muttchen, wie spät ist es eigentlich?"

Schließlich stand Emil auf dem Bahnsteig. Die Mutter hielt seine Hand gefaßt. Oberwachtmeister Jeschke, der sich außer der Reihe eine Stunde freigemacht hatte, trug den Koffer und das Stullenpaket und hielt sich, weil er nicht stören wollte, im Hintergrund.

„Und schreibe mir jeden zweiten Tag", bat Frau Tischbein. „Daß du nicht zu weit hinausschwimmen wirst, hast du mir versprochen. Aber ich werde trotzdem in Unruhe sein. So viele Jungens auf einem Haufen! Was da alles passieren kann!"

„Na erlaube mal!" sagte Emil. „Du kennst mich doch. Wenn ich was verspreche, halte ich's. Ich sorge mich aber deinetwegen, und das ist viel schlimmer. Was wirst du denn die ganze Zeit ohne deinen Sohn anfangen?"

„Ich habe ja zu arbeiten. Und wenn ich Zeit habe, gehe ich spazieren. Sonntags werde ich mit Jeschke Ausflüge machen. In die Meierei. Oder in den Amselgrund. Wenn er dienstfrei hat, heißt das. Das Essen nehmen wir mit. Und wenn er nicht frei hat, bessere ich Wäsche aus. Ein paar Bettüberzüge sind gar nicht mehr schön. Oder ich schreibe dir einen langen Brief, gelt?"

„Recht oft, bitte", sagte Emil und drückte ihre Hand. „Und wenn irgend was los ist, telegraphierst du. Und dann komme ich sofort zurück."

„Was soll denn los sein?" fragte Frau Tischbein.

„Das kann man nie vorher wissen. Wenn du mich brauchst, komme ich. Und wenn gerade kein Zug fährt, komme ich zu Fuß. Ich bin kein kleiner Junge mehr. Das darfst du nicht vergessen. Ich will nicht mehr, daß du mir deine Sorgen und alles andere verheimlichst."

Frau Tischbein sah Emil erschrocken an. „Was verheimliche ich dir denn?"

Sie schwiegen beide und blickten auf die blanken Schienen.

„Ich meine nichts Bestimmtes", sagte der Junge. „Und heute

abend, wenn wir an der Ostsee sind, schreibe ich dir sofort eine Karte. Aber vielleicht kriegst du sie erst übermorgen. Wer weiß, wie oft da oben an der Küste die Briefkästen geleert werden."

„Und ich schreibe dir gleich, wenn ich nach Hause komme", erklärte die Mutter. „Damit du bald ein Lebenszeichen von mir hast. Sonst fühlst du dich so fremd."

Na, und dann kam der Zug nach Berlin angerattert. Oberwachtmeister Jeschke stürzte, als die Eisenbahn ächzend hielt, in ein Abteil 3. Klasse, belegte einen Fensterplatz, verstaute Emils Koffer sorgsam im Gepäcknetz und wartete, bis der Junge ins Abteil geklettert kam.

„Verbindlichen Dank", sagte Emil. „Du bist furchtbar nett zu mir."

Jeschke winkte ab. „Nicht der Rede wert, mein Junge." Dann holte er sein Portemonnaie aus der Tasche, griff hinein, drückte Emil zwei Fünfmarkstücke in die Hand und meinte: „Ein bißchen Taschengeld. Das kann man immer brauchen. Und viel Vergnügen. Das Wetter soll ja in den nächsten Wochen schön bleiben. Es stand wenigstens in der Zeitung. Na, und was ich dir am Obermarkt versprochen habe, halte ich selbstverständlich. Ich schaue täglich nach deiner Mutter. Und wenn's nur ein Stündchen ist."

Emil steckte die zwei Fünfmarkstücke sorgfältig ein. Dann schüttelte er dem Oberwachtmeister die Hand. „Vielen Dank, Heinrich."

„Schon gut, mein Junge." Jeschke versuchte den Koffer noch tiefer nach hinten zu schieben. „Sonst fällt er dir bei der ersten Kurve auf den Kopf. Und nun will ich mal abschieben." Er verfügte sich auf den Bahnsteig und trat hinter Frau Tischbein.

Sie kam dicht ans Abteilfenster, aus dem Emil herausblickte, und trug ihm viele Grüße an die Großmutter, an Pony und an alle übrigen auf. „Und gehe nicht erhitzt ins Wasser! Sonst kriegt man den Herzschlag."

„Und das hat keinen Zweck!" rief Jeschke und lachte verlegen.

„Vergiß nicht, die Stullen zu essen!" meinte die Mutter. „Sie werden sonst altbacken."

Der Stationsvorsteher hob den Signalstab. Der Zug gab sich einen Ruck.

„Behalte mich lieb", sagte der Junge. Aber er sagte es so leise, daß die Mutter es nicht verstand. Er war hinterher ganz froh darüber.

Der Zug fuhr langsam an.

„Und beschmiert keine Denkmäler!" rief Oberwachtmeister Jeschke lachend.

Dann wurde nur noch gewinkt.

Die Reise ging dieses Mal ohne Träume und Diebstähle vonstatten.

Emil hatte sein Lehrbuch der Geographie — I. Teil, Deutschland — mitgenommen und unterrichtete sich noch einmal ganz genau über die Lübecker Bucht, über die Mecklenburgische Seenplatte, über Pommern, die Insel Rügen und die Ostseeküste. Er bereitete sich fast wie auf eine Prüfung vor.

Gründlichkeit war nun einmal eine Gewohnheit von ihm. (Es gibt schlechtere Gewohnheiten.)

Als er alles, was in dem Lehrbuch stand, zweimal gelesen hatte, klappte er den Band zu, blickte zum Fenster hinaus und betrachtete die friedliche Landschaft, die der Zug durcheilte. Die Lektüre ging ihm, während er die reifenden Felder anschaute, wie ein Dutzend Mühlräder im Kopf herum: die vergebliche Belagerung von Stralsund und die Holsteinische Schweiz, die Backsteingotik und der Geburtsort des Feldmarschalls Blücher, die Kreidefelsen von Rügen und die mecklenburgische Viehzucht, die Köhlereien, der Wacholderschnaps und das Lübecker Marzipan, die Landung Gustav Adolfs von Schweden und der Kantor Buxtehude, alles vermischte sich wie in einem Ka‚ leidoskop, das man dreht.

Um sich zu beruhigen, aß Emil seine Stullen auf. Mit Stumpf und Stiel. Das Papier warf er aus dem Fenster. Es raschelte, knatterte und blieb schließlich drüben auf einem Kürbisbeet liegen, das zu einem Bahnwärterhäuschen gehörte. Die Bahnschranke war geschlossen. Dahinter wartete ein Fuhrwerk. Neben dem Kutscher saß ein Junge und winkte. Emil winkte wieder. —

Manchmal stiegen Leute aus. Manchmal stiegen Leute ein. Manchmal kletterte der Schaffner ins Abteil und machte auf der Rückseite der Fahrkarten dicke Bleistiftstriche.

Für Abwechslung war also gesorgt.

Und viel, viel schneller als damals vor zwei Jahren näherte sich der Zug der Hauptstadt des Deutschen Reiches.

Es ist immer dasselbe. Ob es sich nun um einen kleinen Spaziergang oder um eine Eisenbahnfahrt handelt — das zweite Mal erscheint die gleiche Strecke viel kürzer als das erste Mal. (Das gilt übrigens nicht nur für Strecken, die nach Metern und Zentimetern meßbar sind.)

Emils Großmutter und Pony schoben sich am Bahnhof Friedrichstraße durch die Sperre. „Renne nicht so", sagte die Großmutter. „Eine alte Frau ist kein Schnellzug." Ihr schwarzes Kapotthütchen war schiefgerutscht.

„In einer Minute kommt der Junge an", erwiderte Pony ungeduldig. „Wir hätten ruhig etwas pünktlicher sein können."

Die Großmutter schüttelte energisch den Kopf, und ihr Hut rutschte dadurch noch schiefer. „Pünktlicher als pünktlich, das gibt's nicht. Eine halbe Stunde zu früh ist genau so unpünktlich wie eine halbe Stunde zu spät."

Pony wollte eigentlich widersprechen. Aber der Professor hatte sie entdeckt, kam auf sie zu, zog die Mütze und sagte: „Gu-

ten Tag, meine Damen!" Er nahm Pony die Koffer ab und bahnte
ihnen einen Weg.

„Guten Tag, Herr Großgrundbesitzer", antwortete die Großmutter.

Er lachte und brachte die Feriengäste zu seinen Eltern. Justizrat Haberland begrüßte die beiden und stellte ihnen seine Gattin
vor. Frau Haberland, die Mutter des Professors, war hübsch und
zierlich und nicht größer als ihr Sohn. Neben ihrem langen, hage-
ren Mann sah sie wie ein kleines Mädchen aus.

Pony machte etliche Knickse und entledigte sich der Grüße und
Empfehlungen, die sie den Eltern des Professors von ihren Eltern zu überbringen hatte. Und die Großmutter erzählte, daß sie
noch nie am Meer gewesen sei und sich riesig freue.

Dann schwiegen sie alle und warteten auf Emil. Lange brauch-
ten sie nicht zu warten. Der Zug näherte sich der Bahnhofshalle
und lief mit Getöse ein. Er hielt. Die Fahrgäste stiegen aus.

„Sicher ist der Junge wieder am Bahnhof Zoo ausgestiegen",
jammerte Pony. Doch da stieg der ‚Junge' auch schon aus seinem
Abteil, zog den Koffer hinterdrein, schaute sich suchend um, entdeckte die andern, lächelte und kam zu ihnen gelaufen. Nachdem
er den Koffer niedergesetzt hatte, gab er seiner Großmutter
einen Kuß, reichte den Eltern des Professors die Hand und sagte
zu Pony: „Meine Herrn, bist du aber gewachsen!"

Zum Schluß begrüßte er den Professor. Die Jungen benahmen
sich sehr förmlich. Aber so sind Jungen stets, wenn sie einander
lange nicht gesehen haben. (Nach zehn Minuten legt sich das
übrigens.)

„Gustav ist auf seinem Motorrad schon heute früh losge-
braust", erklärte der Professor.

„Aha", sagte Emil.

„Er läßt dich vielmals grüßen."

„Vielen Dank."

„Und der kleine Dienstag ist schon gestern abend abgereist."

„Nicht nach Nauheim?"

„Nein. Der Arzt hat seiner Mutter die See erlaubt."

„Großartig", erklärte Emil.

„Finde ich auch", meinte der Professor.

Anschließend entstand eine Verlegenheitspause. Der Justizrat rettete die Lage. Er stieß dreimal mit dem Spazierstock auf den Boden. „Alles herhören! Wir fahren jetzt zum Stettiner Bahnhof. Ich spendiere zwei Taxen. In dem einen Auto fahren die Erwachsenen. In dem andern die Kinder."

„Und ich?" fragte Pony Hütchen.

Da mußten alle lachen. Außer Pony natürlich. Die war leicht gekränkt und meinte: „Ein Kind ist man nicht mehr. Ein Erwachsener ist man noch nicht. Was bin ich überhaupt?"

„Ein albernes Frauenzimmer", sagte die Großmutter. „Zur Strafe fährst du mit den Erwachsenen. Damit dir klar wird, daß du noch ein Kind bist."

Das hatte Pony Hütchen nun davon.

Im Wartesaal des Stettiner Bahnhofs aßen sie zu Mittag. Später setzten sie sich in den Zug, der sie an die Ostsee fahren würde. Und weil sie beizeiten gekommen waren, hatten sie trotz des Ferienandranges ein Abteil für sich. Der Zug war mit Kindern, Eimern, Fähnchen, Bällen, Schaufeln, Apfelsinenschalen, zusammengeklappten Liegestühlen, Kirschentüten, Luftballons, Gelächter und Geheul bis an den Rand beladen und dampfte munter durch die Kiefernwälder der Mark Brandenburg. Es war ein kreuzfideler Zug. Der Lärm drang aus den offenen Abteilfenstern hinaus in die stille Landschaft.

Die Kiefern wiegten sich leicht im Sommerwind und flüsterten einander zu: „Die Großen Ferien haben begonnen."

„Drum", brummte eine uralte Buche.

VILLA SEESEITE

Korlsbüttel ist keiner von den großen Badeorten. Noch vor
zehn Jahren hatte Korlsbüttel nicht einmal einen Bahnhof. Damals mußte man auf der Strecke Lübeck—Stralsund in einem
kleinen Nest aus dem Zug steigen, das, wenn ich nicht irre,
Stubbenhagen hieß. Dort stand, wenn man besonderes Glück
hatte, irgendein altmodisches Fuhrwerk, das mit einem schweren
mecklenburgischen Gaul bespannt war, und zockelte die Bade-
gäste nach Korlsbüttel hinüber. Auf zerfahrenen, sandigen
Waldwegen. Links und rechts dehnte sich die Heide. Die Wachol-
derbüsche standen wie grüne Zwerge zwischen den hundertjähri-
gen Eichen und Buchen. Und manchmal fegte ein Rudel Rehe
durch die Stille. Und von den Kohlenmeilern, die auf den Wald-
wiesen lagen, stieg blauer, beizender Rauch in die Sommerluft
empor. Es war wie in Grimms Märchen.

Heute ist das anders. Heute fährt man, ohne umzusteigen, bis
Korlsbüttel, stiefelt vornehm aus dem Bahnhof, gibt seinen Koffer einem Gepäckträger und ist in drei Minuten im Hotel und in
zehn Minuten am Meer. Ich glaube, daß es früher schöner war.
Damals war es mit Schwierigkeiten verbunden, ans Meer zu
kommen. Und man soll Schwierigkeiten, die einem Ziel im Wege
stehen, nicht unterschätzen. Sie haben ihr Gutes.

Halb Korlsbüttel war am Bahnhof, um den Ferienzug zu
empfangen. Der Bahnhofsplatz stand voller Leiterwagen, Kut-

60

schen, Dreiräder, Tafelwagen und Karren. Man erwartete viele
Gäste und noch mehr Gepäck.

Fräulein Klotilde Seelenbinder, Haberlands altes Dienstmädchen, lehnte an der Sperre und winkte, als sie den Justizrat er-
blickte, mit beiden Händen. Er überragte die aus dem Zug strö-
menden Menschen um Haupteslänge. „Hier bin ich!" rief sie.
„Herr Justizrat! Herr Justizrat!"

„Schreien Sie nicht so, Klotilde", sagte er und schüttelte ihr
die Hand. „Lange nicht gesehen, was?"

Sie lachte. „Es waren doch nur zwei Tage."

„Ist alles in Ordnung?"

„Das will ich meinen. Guten Tag, gnädige Frau. Wie geht's?
Ein Glück, daß ich vorausgefahren bin. So ein Haus macht Arbeit. Guten Tag, Theo! Du bist blaß, mein Liebling. Fehlt dir
was? Und das ist sicher dein Freund Emil. Stimmt's? Guten
Tag, Emil. Ich habe schon viel von dir gehört. Die Betten sind
überzogen. Heute abend gibt's Beefsteak mit Mischgemüse. Das
Fleisch ist billiger als in Berlin. Ach, und das ist Pony Hütchen,
Emils Kusine. Das sieht man sofort. Diese Ähnlichkeit! Hast du
dein Fahrrad mitgebracht? Nein?"

Emils Großmutter hielt sich die Ohren zu. „Machen Sie 'ne
Pause!" bat sie. „Machen Sie 'ne Pause, Fräulein. Sie reden
einem ja Plissee in die Ohrläppchen. Ich bin Emils Großmutter.
Guten Tag, meine Liebe."

„Nein, diese Ähnlichkeit!" meinte Haberlands Dienstmädchen. Dann verneigte sie sich und sagte: „Klotilde Seelenbinder."

„Ist das ein neuer Beruf?" fragte die Großmutter.

„Nein. Ich heiße so."

„Sie Ärmste!" rief die Großmutter. „Gehen Sie doch mal zum
Arzt. Vielleicht verschreibt Ihnen der einen anderen Namen."

„Ist das Ihr Ernst?" fragte Klotilde.

„Nein", erwiderte die Großmutter. „Nein, Sie kluges Geschöpf. Ich bin fast nie ernst. Es lohnt sich zu selten."

Dann wurden die Koffer und Taschen auf einen Tafelwagen geladen. Den Wagen hatte Klotilde vom Fuhrhalter Kröger geliehen, und ein Knecht zog ihn. Emil und der Professor schoben. So ging's die Blücherstraße entlang. Die Erwachsenen und Pony spazierten hinterdrein.

Plötzlich hupte es laut. Aus einem Seitenweg bog, in voller Fahrt, ein Motorrad. Das Motorrad bremste. Krögers Knecht hielt den Wagen an und fluchte, daß die Fensterscheiben der Umgegend zitterten. Glücklicherweise fluchte er plattdeutsch.

„Nu treten Sie sich bloß nicht auf den Schlips!" rief der Motorradfahrer. „Is ja alles halb so wichtig."

Emil und der Professor guckten erstaunt hinter den Koffern vor und brüllten begeistert: „Gustav!" Sie rannten um Krögers Wagen herum und begrüßten den alten Freund.

Der legte vor Schreck sein Motorrad auf die Straße, schob die Schutzbrille hoch und sagte: „Das hätte mir gerade noch gefehlt, Herrschaften! Daß ich meine zwei besten Freunde zerquetscht hätte! Eigentlich wollten wir euch nämlich von der Bahn abholen."

„Gegen sein Schicksal kann keiner an", behauptete eine Stimme aus dem Straßengraben.

Gustav blickte erschrocken auf sein Rad. „Aber wo ist denn der kleine Dienstag?" rief er. „Er saß doch eben noch hinter mir!"

Sie blickten in den Straßengraben. Dort hockte der kleine Dienstag. Passiert war ihm nichts. Er war nur hoch im Bogen ins Gras geflogen. Er lachte den Freunden entgegen und sagte: „Die Ferien fangen ja gut an!" Dann sprang er auf und schrie: „Parole Emil!"

„Parole Emil!" riefen sie alle vier und setzten einträchtig den Weg fort.

Die Erwachsenen folgten weit hinten. Sie hatten überhaupt nichts gemerkt.

„Dort liegt Theos Haus!" sagte Klotilde Seelenbinder stolz und zeigte mit der Hand geradeaus.

Es war ein reizendes, altmodisches Haus. Mitten in einem Garten voller Blumen, Beete und Bäume. ‚Villa Seeseite' stand am Giebel.

Klotilde fuhr fort: „Was Sie links unten sehen, ist eine große gläserne Veranda. Mit Schiebefenstern. Darüber befindet sich ein offner Balkon. Für Sonnenbäder. Das Zimmer, das anschließt, habe ich für Herrn und Frau Justizrat hergerichtet. Es ist Ihnen doch recht, gnädige Frau?"

„Alles, was Sie machen, ist mir recht", sagte die Mutter des Professors freundlich.

Das Dienstmädchen wurde rot. „Das Nebenzimmer gehört Emils Großmutter und Pony Hütchen. Die Jungens werden wir im Erdgeschoß unterbringen. Im Zimmer neben der Veranda. Im Nebenraum steht noch ein Sofa. Falls noch wer zu Besuch kommen sollte. Und ein zusammenklappbares Feldbett können wir auch noch aufschlagen. Gegessen wird in der Veranda. Bei schönem Wetter kann man natürlich auch im Garten essen. Obwohl im Freien das Essen schneller kalt wird. Aber man kann ja etwas drüberdecken." Sie sah sich um. „Wo sind denn eigentlich die Jungens hin? Sie müssen doch vor uns angekommen sein."

„Sie haben sich zu Bett gelegt", sagte Emils Großmutter. „Und wenn Sie noch eine Weile so weiterreden, werden die Knaben bald ausgeschlafen haben und wieder aufstehen."

Das Dienstmädchen blickte unsicher zu der kleinen alten Frau hin. „Bei Ihnen weiß man nie, wie Sie's eigentlich meinen."

„Das ist Übungssache", erklärte Pony. „Mein Vater sagt, Großmutter habe den Schalk im Nacken." Dann öffnete sie das Gartentor und rannte auf das Haus zu. Die Erwachsenen folgten ihr langsam und gaben Krögers Knecht Anweisung, wohin er die einzelnen Koffer und Taschen bringen solle.

Hinterm Haus lag der größere Teil des Gartens. Dort stöberten die vier Jungen herum und suchten eine Garage. Für Gustavs Motorrad. Der Professor saß auf einer Bank, baumelte mit den Beinen und erklärte: „Es gibt offensichtlich zwei Möglichkeiten. Wir stellen die Maschine entweder ins Treibhaus zu den Tomaten. Oder in den Geräteschuppen."

„Im Treibhaus ist es zu warm", vermutete Dienstag.

Emil dachte nach. „Im Geräteschuppen liegen sicher Messer und andre scharfe Gegenstände rum. Das kann leicht über die Gummireifen gehen."

Gustav lief zu dem Schuppen hinüber, blickte hinein und zuckte die Achseln. „Da ist nicht einmal Platz für einen Roller, geschweige denn für meine schwere Maschine."

Der Professor lachte. „Das nennst du eine schwere Maschine?"

Gustav war beleidigt. „Ohne Führerschein gibt's keine schwerere. Mir ist sie schwer genug. Und wenn ich vorhin nicht so doll gebremst hätte, wärt ihr jetzt Knochenmehl."

„Wir werden im Treibhaus die Heizung abstellen", schlug Dienstag vor.

Der Professor schüttelte den Kopf. „Da bleiben doch die Tomaten grün!"

„Was glaubst du, wie egal das den Tomaten ist, ob sie grün oder rot sind!" rief Gustav. „Is ja alles halb so wichtig!"

Da kam Pony Hütchen anspaziert.

Emil winkte ihr und fragte: „Weißt du keine Garage für Gustavs Motorrad?"

Sie blieb stehen und sah sich suchend um. Dann zeigte sie ans

Ende des Gartens. „Was für ein Gebäude ist denn das dort?"
Der Professor sagte: „Das ist der sogenannte Pavillon."
„Und wozu braucht man denselben?" fragte das Mädchen.
„Keine Ahnung", entgegnete der Professor.
Sie gingen zu dem Pavillon. Gustav schob sein Motorrad hinterher.
Der Pavillon war ein Glashäuschen, in dem ein weißlackierter Tisch stand und eine grüne Gießkanne.
„Großartig!" rief der Professor. „Die geborene Garage!"
Pony Hütchen meinte: „Wenn ich nicht wäre!" Sie öffnete die Tür. Der Schlüssel steckte. Gustav schob das Rad in den Pavillon, schloß die Tür, zog den Schlüssel ab und steckte ihn in die Tasche.
Die andern Jungen gingen zum Haus zurück. Sie hatten Hunger.
Pony Hütchen wollte ihnen folgen.
Gustav fragte: „Wie gefällt dir eigentlich meine Maschine?"
Sie trat noch einmal zum Pavillon, blickte durch die Glaswand und musterte das Rad.
„Na", fragte der Junge, „wie gefällt sie dir?"
„Untermittelprächtig", erklärte sie. Hierauf schritt sie wie eine Königinmutter von dannen.
Gustav schaute ihr verdutzt nach. Dann nickte er seinem kleinen Motorrad freudestrahlend zu, sah beleidigt hinter Pony her und sagte zu sich selber: „Is ja alles halb so wichtig."

Nach dem Abendessen saßen sie noch eine Weile in der Veranda und blickten in den bunt blühenden Garten hinaus.
„Hat's geschmeckt?" fragte Klotilde schließlich neugierig.
Es herrschte selbstredend nur eine Meinung. Und als Emils Großmutter behauptete, seit ihrer Silbernen Hochzeit kein gelungeneres Beefsteak gegessen zu haben, war Fräulein Seelenbinder geradezu glücklich.

Während sie, von Pony unterstützt, abräumte, schrieb Emil eine Karte an seine Mutter. Gustav entschloß sich ebenfalls dazu, einen Gruß nach Hause zu schicken und seine glückliche Ankunft zu vermelden. Sie gaben ihre Karten dem kleinen Dienstag, der in der Pension ‚Sonnenblick' längst von seinen Eltern erwartet wurde. Er versprach, an der Post vorbeizugehen.

„Aber nicht nur vorbeigehen", bat Emil. „Steck die Karten lieber in den Kasten!"

Dienstag verabschiedete sich allerseits und sagte: „Morgen nicht zu spät!" Dann verschwand er eilig.

Der Justizrat trat in die Verandatür und betrachtete den Himmel. „Die Sonne ist zwar schon untergegangen", meinte er. „Aber wir müssen dem Meer noch guten Abend sagen, ehe wir in die Klappe gehen."

Sie wanderten also durch den dämmrigen Erlenbruch. Nur Klotilde blieb zurück. Sie wollte das Geschirr abwaschen.

Als der Erlenbruch zu Ende war und die Steigung begann, die zur Düne hinaufführt, von der aus das Meer zu sehen ist, sagte Justizrat Haberland: „Wer die See noch nicht kennt, der trete vor!"

Emil, Pony und die Großmutter meldeten sich.

„Wir kommen nach", erklärte der Justizrat.

Da hängte sich die Großmutter bei ihren beiden Enkelkindern ein und ging mit ihnen voran. Nach kurzer Zeit standen sie auf dem höchsten Punkt der Düne. Rechts lag das Strandhotel. Vor ihnen erstreckte sich zu beiden Seiten der Strand. Mit all seinen Strandkörben und Wimpeln und Sandburgen.

Und dort, wo der Strand aufhörte, begann das Meer! Es nahm, wohin man auch blickte, kein Ende. Es lag da, als sei es aus flüssigem Quecksilber. Am Horizont, ganz hinten, fuhr ein Schiff in den Abend hinein. Ein paar Lichter blinkten. Und am Himmel, der von der Sonne, die längst untergegangen war, noch immer

Die Großmutter und die beiden Kinder standen überwältigt.

rosig widerstrahlte, hing die Mondsichel. Sie sah noch ganz blaß aus. Als ob sie lange krank gewesen wäre. Und über das pastellfarbene Himmelsgewölbe glitten die ersten Lichtstreifen entfernter Leuchttürme. Weit draußen heulte ein Dampfer. Die Großmutter und die beiden Kinder standen überwältigt. Sie schwiegen und hatten das Empfinden, als ob sie nie im Leben wieder würden reden können.

Da knirschten hinter ihnen Schritte. Haberlands und Gustav näherten sich behutsam.

Gustav trat neben Emil. „Das ist ein dolles Ding, was?" meinte er.

Emil nickte nur.

Sie standen stumm nebeneinander und blickten unentwegt aufs Meer.

Da sagte die Großmutter leise: „Endlich weiß ich, wozu ich so 'ne alte Schachtel geworden bin."

F Ü N F T E S K A P I T E L

EIN WIEDERSEHEN IN DER OSTSEE

Als Klotilde am nächsten Morgen an die Tür klopfen wollte, hinter der die Jungen schliefen, hörte sie Gekicher. „Ihr seid schon wach?" fragte sie und legte ein Ohr an die Tür.

„Wach ist gar kein Ausdruck", rief der Professor und lachte.

„Wer spricht?" fragte Gustav streng. „Wer redet mit uns, ohne sich vorzustellen?"

Das Dienstmädchen rief: „Ich bin's! Die Klotilde!"

„Aha", sagte Emil, „das Fräulein Selbstbinder."

„Seelenbinder", verbesserte Klotilde ärgerlich.

„Nein, nein", meinte Gustav. „Selbstbinder gefällt uns besser. Wir werden Sie von jetzt ab Selbstbinder nennen. Und wenn Ihnen das nicht paßt, nennen wir Sie Schlips! Verstanden, Fräulein Klotilde Schlips?"

„Eine hervorragende Bezeichnung", erklärte der Professor. (Er hatte noch immer die Angewohnheit, Zensuren zu verteilen.) „Klotilde, du heißt von jetzt ab Schlips!"

„Mit mir könnt ihr's machen", sagte das alte Dienstmädchen düster. „Ach so, ihr sollt frühstücken kommen! Die andern sind schon im Garten. Und jetzt geh' ich."

„Auf Wiedersehen, Schlips!" riefen die drei. Dann spazierten sie im Gänsemarsch durch die Verandatür in den Garten hinterm Haus. Mitten auf dem Rasen war ein großer runder Tisch gedeckt. Die Eltern des Professors, Pony Hütchen und die Großmutter hatten bereits Platz genommen. Der Justizrat las die Zeitung. Die andern aber blickten dem Aufzug der Jungen reichlich fassungslos entgegen. Frau Haberland klopfte ihrem Mann leise auf die Schulter. Der Justizrat fragte: „Was gibt's denn?" Und ließ die Zeitung sinken. Dann schloß er sich dem allgemeinen Staunen an.

Der Professor und Gustav kamen im Badeanzug, Emil in seiner roten Badehose. Doch das war nicht das Auffällige.

Sondern: Der Professor hatte den Panamahut seines Vaters auf dem Kopf und schwenkte einen dicken Spazierstock. Emil hatte Ponys Sommermäntelchen umgehängt, trug ihren gelben Strohhut mit den roten Lackkirschen und hatte einen buntgestreiften Sonnenschirm aufgespannt, den er, wie eine leicht verrückte Dame, hochnäsig über den Rasen balancierte. Gustav sah am abnormsten aus. Er hatte das Kapotthütchen von Emils Großmutter aufgesetzt und es mit den schwarzseidenen Kreuzbändern unterm Kinn festgebunden. So fest, daß er den Mund kaum aufkriegte. Vor den Augen trug er seine Motorradbrille. In der einen Hand schwenkte er zierlich Ponys Handtäschchen. In der anderen schleppte er einen Koffer.

Die drei Jungen verzogen keine Miene und setzten sich wortlos in ihre Korbstühle. Dann schlug der Professor mit dem Kaffeelöffel an seine Tasse. Und wie aus einem Munde riefen sie plötzlich: „Guten Abend, die Herrschaften!"

„Die armen Kleinen haben den Sonnenstich", sagte der Justizrat. „Und das am zweiten Ferientag. Welch ein Jammer!" Dann griff er wieder zu seiner Zeitung.

„Man sollte den Arzt holen", meinte Pony. „Wehe euch, wenn ihr meine Handtasche dreckig macht!"

Gustav drehte sich um und rief: „Kellner! Bedienung! Ist das nun eine Kneipe, oder ist das nun keine Kneipe?" Dann band er rasch die Hutbänder auf. Er wäre fast erstickt. „Den nächsten Kompotthut kauf' ich bei einer andern Schneiderin", knurrte er. „Das Biest sitzt ja an keiner Ecke und Kante!"

Klotilde kam aus der Villa und brachte frischen Kaffee.

„Da haben wir's", sagte der Professor. „Natürlich wieder Fräulein Klotilde Schlips. Immer dieselben, immer dieselben!" Das Dienstmädchen goß Kaffee ein, setzte die Kanne auf den Tisch und fragte weinerlich: „Muß ich mir eigentlich gefallen lassen, daß man mich Schlips nennt?"

„Wieso denn Schlips?" erkundigte sich Frau Haberland.

„Unter Seelenbinder können wir uns nichts vorstellen", meinte Emil.

„Darum wollten wir sie Selbstbinder nennen", erklärte der Professor. „Aber das war ihr nicht fein genug."

Gustav kaute und brummte: „Deswegen haben wir sie Schlips getauft. Andre Leute wären froh, wenn sie Schlips hießen. Mein Sportlehrer heißt Philipp Ochse. Wenn der irgendwo eingeladen ist und seinen Namen sagt, kann er gleich wieder abhauen. Die Leute lachen ja doch bloß."

„Wie so ein Ochse sich freute, wenn er Schlips hieße", behauptete Emil.

Klotilde Seelenbinder sagte gar nichts mehr, sondern kehrte stumm ins Haus zurück.

Pony sah zur Großmutter hinüber. „Was fehlt denn den Jungens? Ist es was Schlimmes?"

„Bewahre", sagte die Großmutter. „Eine ganz normale Krankheit. Man nennt sie die Flegeljahre."

Der Justizrat nickte. „Ich kenne die Krankheit aus Erfahrung. Ich habe sie früher auch einmal gehabt."

Nach dem Frühstück erschien Dienstag auf der Bildfläche und holte sie zum Baden ab. Der Justizrat und seine Frau blieben zu Hause. Aber alle anderen, die Großmutter inbegriffen, pilgerten zum Strand. Die Jungen beschlossen, barfuß zu gehen. Das sei gesund.

Droben auf der Düne machten sie halt. Die Ostsee sah ganz anders aus als am Abend vorher. Grünlich und blau glänzte sie. Und manchmal, wenn Wind aufkam, schillerte sie golden, daß man die Augen schließen mußte. Die Großmutter setzte eine Sonnenbrille auf, die ihr Fräulein Klotilde Seelenbinder geliehen hatte.

Unten am Strand wimmelte es, soweit man sehen konnte, von Strandkörben, Sandburgen, Fähnchen, Wimpeln und Menschen.

Manchmal liefen Wellen über den Meeresspiegel. Und Pony bemerkte: „Das sieht aus, als ob ein unsichtbarer Verkäufer auf einem unendlichen Ladentisch schillernde Seide aufrollt."

Die vier Jungens schauten einander vielsagend an und schwiegen. Nur der kleine Dienstag konnte sich nicht beherrschen und platzte laut heraus.

„Blöde Bande", sagte Pony und schlug den Strandweg ein. Emil und die Großmutter folgten ihr lächelnd. Als sie eine Weile gegangen waren, drehte sich Emil nach den Freunden um. Die standen in einiger Entfernung still und machten keine Anstalten weiterzulaufen.

„Wo bleibt ihr denn?" rief Emil.

Sie setzten sich langsam in Bewegung. Aber schon nach ein paar Metern streikten sie von neuem. Gustav hüpfte auf einem Bein und schimpfte schrecklich.

Die Großmutter lachte. „Deine Berliner sind das Barfußlaufen nicht gewöhnt. Der Kiesweg stört sie."

Emil lief zurück. Gustav zog ein schiefes Gesicht und knurrte: „Mensch, das soll gesund sein?"

Und der Professor erklärte: „Ich danke für Obst. Meine Fußsohlen sind doch nicht aus Rindsleder!"

„Nie wieder barfuß!" schwor Dienstag und versuchte den nächsten Schritt. Er stieg wie ein Hahn auf den Mist.

Gustav ging vom Weg herunter und wollte im Gras weitergehen. Es war aber gar kein Gras, sondern Strandhafer. Und der schnitt ihm so in die Waden, daß er wütend „Aua!" schrie und auf den Kies zurückkam.

Emil erklärte: „Der Strandhafer enthält viel Kieselsäure."

Gustav sagte: „Ich hätte nie gedacht, daß Kieselsäure so spitz ist. Da kann man genau so gut zwischen Rasiermessern herumlaufen."

Emil erzählte noch einiges vom Aufbau der Pflanzenzellen und von der Beschaffenheit der Sand- und Strandgewächse im besonderen.

Doch der Professor meinte: „Alles ganz schön und gut. Du magst zwar ein enormer Botaniker sein. Aber ich renne rasch in meine Villa zurück und hole meine Turnschuhe."

Das tat er denn auch. Gustav und Dienstag rannten hinter ihm her.

Emil ging zu seiner Großmutter. Sie setzten sich auf eine Bank und betrachteten das Meer. An der Brücke lag gerade ein kleiner weißer Küstendampfer. Der Junge suchte Pony. Sie war schon weit voraus.

Die Großmutter schob ihre geborgte Sonnenbrille auf die faltige Stirn. „Endlich sind wir einmal eine Minute unter uns. Wie geht's dir denn eigentlich, mein Junge? Und wie geht's deiner Mutter?"

„Danke, danke. Ausgezeichnet."

Die alte Frau legte den Kopf etwas schief. „Sehr gesprächig bist du nicht grade. Erzähle noch ein bißchen mehr. Na los, junger Mann!"

Er sah aufs Meer. „Aber Großmutter, das weißt du doch schon alles aus unsern Briefen! Muttchen hat viel zu tun. Aber ohne Arbeit würde ihr das Leben keinen Spaß machen. Na und ich, ich bin noch immer der Beste in der Klasse."

„So, so", erklärte die alte Frau. „So, so. Das klingt ja hocherfreulich." Dann rüttelte sie ihn liebevoll an der Schulter. „Willst du gleich mit der Sprache herausrücken, du Halunke! Da stimmt doch was nicht. Da stimmt doch was nicht! Emil, ich kenne doch dein Gesicht wie meine Handtasche!"

„Was soll denn nicht stimmen, Großmutter? Es ist alles in schönster Ordnung. Glaub's nur!"

Sie stand auf und sagte: „Das kannst du deiner Großmutter erzählen!"

Schließlich landeten alle miteinander im Familienbad.

Die Großmutter setzte sich in den Sand, zog die Schuhe und Strümpfe aus und ließ die Füße von der Sonne bescheinen. Außerdem behütete sie die Badetücher, die man mitgebracht hatte.

Die Jungens nahmen Pony in die Mitte, faßten einander bei den Händen und rannten mit Gebrüll in die Wellen hinein. Eine dicke Dame, die nicht weit vom Ufer im Meer saß und still vor sich hindöste, schluckte bei dieser Gelegenheit Wasser und schimpfte wie am Spieß.

Die Großmutter schürzte den Rock, ging ein paar Schritte ins Wasser und fragte höflich: „Waren Sie auch einmal jung, meine Dame?"

„Natürlich", war die Antwort.

„Na also", meinte die Großmutter. „Na also." Und ohne ausführlicher zu werden, setzte sie sich wieder in den warmen Sand und blickte fröhlich hinter den jauchzenden Kindern her. Jetzt sah man nur noch die Köpfe. Und auch die nicht immer.

Gustav schwamm am schnellsten. Und als erster kletterte er auf das große Sonnenbrett, das draußen verankert lag und auf dem sich die Schwimmer ausruhten. Pony und Emil schwammen gleich schnell und halfen einander beim ‚Landen'. Dienstag und der Professor kamen wesentlich später.

„Wie macht ihr das bloß?" fragte Dienstag, als er neben den Freunden auf den Planken saß. „Warum schwimmt ihr denn schneller als Theo und ich?"

Der Professor lachte. „Mach dir nichts draus. Wir sind eben Geistesarbeiter."

Gustav sagte: „Mit dem Kopf hat das nur insofern zu tun, als ihr ihn zu hoch übers Wasser haltet. Ihr müßt kraulen lernen!" Er ließ sich von der Planke herunterrollen, plumpste in die Ostsee und zeigte ihnen, wie man krault.

Pony fragte ihn: „Was verlangst du für die Stunde?"

Er holte tief Atem, tauchte lange, kam prustend wieder zum Vorschein und meinte: „Sechzig Minuten!"

Dann schwammen sie alle wieder zurück. Gustav kraulte ihnen etwas vor. Sie versuchten es nachzumachen. Dabei stieß der Professor mit einem Herrn zusammen, der sich auf den Rücken gelegt hatte und gemächlich hinausschwamm. „Paß besser auf!" rief der Herr. „Wo hast du denn deine Augen?"

„Unter Wasser", antwortete der Junge und kraulte wie eine Schiffsschraube hinter den Freunden her.

Die waren schon im Gebiet für Nichtschwimmer angekommen und standen vor einer riesigen Zahnpastatube aus Gummi. (Es handelte sich um eine Reklame.) Alle versuchten hinaufzuklettern. Aber kaum war man oben, drehte sich die Tube, und man purzelte ins Wasser zurück. Das Geschrei war groß.

Die Freunde blickten zum Strand hinüber. Dort standen Turngeräte. Am Hochreck schwebte ein Mann, machte eine Schwungstemme, eine Welle vorwärts, schloß, im Vorwärtsschwingen, eine großartige Riesenfelge an, steckte plötzlich die Beine zwischen den Armen durch und kam mit Hilfe einer Kippe oben auf der Stange in den Sitz. Dann machte er eine Sitzwelle rückwärts, breitete beide Arme aus, schwang nach vorne, ließ das Reck auch mit den Knien los, schwebte durch die Luft, sprang

in den Sand und beendete die Übung mit einer eleganten Kniebeuge.

„Donnerwetter!" sagte Gustav. „Das kann nicht einmal ich!"

Als der Turner beiseite gegangen war, stellten sich zwei kleine
Jungen unter das Reck. Sie sprangen hoch, hingen still, holten
Schwung und wiederholten beide gleichzeitig und nebeneinander
dieselbe schwierige Übung, die eben der Mann vorgeführt hatte.
Als sie zum Schluß aus dem Kniehang graziös in die Luft
schwebten und die Übung mit eleganten Kniebeugen im Sand
beendeten, klatschte das ganze Familienbad Beifall.

„Ich werde verrückt", behauptete Gustav. „So etwas habe ich,
noch dazu von solchen Knirpsen, noch nie gesehen!"

Ein Junge, der neben ihnen im Wasser stand, sagte: „Das sind
die ‚Three Byrons'. Eine Artistenfamilie. Ein Vater mit Zwillingen. Abends treten sie im Strandhotel auf."

„Das müssen wir uns mal ansehen", erklärte Pony Hütchen.

„Das Programm beginnt abends acht Uhr", berichtete der
fremde Junge. „Die anderen Nummern sind auch Weltklasse. Ich
kann das Programm dringend empfehlen."

„Kriegt man bestimmt Platz?" fragte Dienstag.

„Ich kann euch ja auch einen Tisch reservieren", meinte der
Junge.

„Bist du auch ein Akrobat?" fragte Emil.

Der andere schüttelte den Kopf. „Nein. Ich kann zwar auch
gut turnen. Aber von Beruf bin ich der Pikkolo vom Strandhotel."

Gustav lachte. „Pikkolos sterben früh."

„Wieso?" fragte Dienstag.

„Na, hast du schon einmal einen alten Pikkolo gesehen?"

Pony rümpfte die Nase: „Laß deine ollen Witze!"

Der fremde Junge sagte: „Seit ich Gustav zum letzten Male

Der fremde Junge sagte: „Seit ich Gustav zum letzten Male gesehen habe, ist er nur größer geworden."

gesehen habe, ist er nur größer geworden. Sonst hat er sich überhaupt nicht verändert."

Die Freunde sahen einander verdutzt an.

„Woher kennst du mich denn?" fragte Gustav verblüfft.

„Ich kenne euch alle", versicherte der badende Pikkolo. „Und Gustav hat sogar einmal einen Anzug von mir angehabt."

Gustav sperrte den Mund auf. „So ein Quatsch! Ich habe noch nie im Leben fremde Anzüge angehabt!"

„Doch, doch", sagte der Pikkolo.

Die anderen wußten nicht, was sie denken sollten.

Pony fragte: „Wie heißt du denn?"

„Hans Schmauch."

„Keine Ahnung", sagte Gustav. „Kenne keine Schmauchs."

„Meinen Vater kennst du auch", behauptete Hans Schmauch. „Und auch Emil kennt ihn."

„Das wird ja immer schleierhafter", erklärte Emil.

Gustav stapfte durchs Wasser, rückte dem Pikkolo auf die Pelle und sagte: „Nun aber raus mit der Sprache, Kleiner! Sonst tauche ich dich so lange, daß du niemals Kellner wirst."

Hans Schmauch lachte. „Ich war früher Liftboy in Berlin. Im Hotel Kreid am Nollendorfplatz. Parole Emil!"

Das schlug dem Faß den Boden aus. Sie tanzten wie irrsinnig gewordene Indianer um den kleinen Schmauch herum. Das Salzwasser spritzte meterhoch. Und dann schüttelten sie dem Jungen die Hand, daß seine Knochen knackten.

„Nein, so eine Freude", meinte Emil. „Dein Vater, der Portier, war damals so nett zu mir. Zehn Mark hat er mir geborgt. Na, und Gustav und ich haben ja sogar in einer Hotelkammer bei euch übernachtet."

„Freilich", sagte der Pikkolo. „Das war 'ne aufregende Geschichte, was? Daran werde ich mein Leben lang denken, und wenn ich Hotelbesitzer werden sollte. Übrigens, wenn ich frei habe, können wir einmal miteinander segeln. Mein Onkel wohnt nämlich hier in Korlsbüttel. Er hat einen großen Handelsdampfer."

„Kann man denn mit einem Handelsdampfer segeln?" fragte Dienstag.

„Das nun gerade nicht", sagte der Pikkolo. „Aber mein Onkel hat auch noch ein feines Segelboot. Er ist ein famoser alter Knabe."

Darüber freuten sie sich, und dann trabten sie an Land und stellten den kleinen Schmauch der Großmutter vor. Die freute sich mit ihnen. Aber erst, nachdem sich alle gut abgetrocknet hatten.

Gustav blickte den Pikkolo vergnügt an und sagte, während er sich mächtig frottierte: „Ich verstehe nur eins nicht."

„Was denn?" fragte Hans Schmauch und schaute zu dem großen Gustav hinauf.

Gustav blickte kopfschüttelnd zu ihm hinunter und meinte: „Ich verstehe nur nicht, daß mir früher einmal deine Anzüge gepaßt haben sollen."

GUSTAV UND DIE PHYSIK

Es folgte eine Kette glücklicher Tage. Und die Sonne schien, als betrachte sie die Ostsee durch ein Brennglas. Der Professor und seine Sommergäste wurden rot wie die Krebse und später braun wie die Mulatten. Nur Pony Hütchen blieb dauernd rot und schälte sich wie eine Zwiebel. Die Großmutter beschmierte den Rücken der jungen Dame in einem fort mit Vaseline, Nußöl, Lanolin und Sonnenbrandcreme. Es half alles nichts.

Frühmorgens, wenn die Großmutter Pony weckte und sagte: „Aufstehen, Gräfin! Die Sonne scheint", dann hätte Pony am liebsten geheult.

„Warum regnet es denn noch immer nicht?" fragte sie verzweifelt.

Doch die Jungen, die waren von dem schönen Wetter schwer begeistert. Meistens waren sie im Wasser oder irgendwo am Strand. Oder sie gingen zum Hafen, der rechts von der Brücke lag, bewunderten das Segelboot des Kapitäns Schmauch — es hieß ‚Kunigunde IV‘ — und freuten sich auf den nächsten freien Tag ihres Freundes, des Pikkolos, weil er dann mit ihnen segeln wollte.

Oder Gustav fuhr per Motorrad in die Heide hinaus. Mit einem der Freunde auf dem Gepäckrost. Er setzte den Beifahrer im Forsthaus oder am Kohlenmeiler ab. Dann fuhr er nach Korlsbüttel zurück und holte den Nächsten. Und er machte die Fuhre so oft, bis sie alle beisammen waren.

Einmal ließ sich sogar die Großmutter von ihm nach dem

Forsthaus fahren. Als sie draußen abstieg, sagte sie: „Es war großartig. Ich habe meinen Beruf verfehlt. Ich hätte Rennfahrer werden müssen. Und keine Großmutter."

Manchmal schrieben sie Briefe nach Hause. Manchmal erhielten sie Post. Manchmal wurden sie von dem Justizrat photographiert. Und im nächsten Brief schickten sie die Abzüge der Photos heim.

Oder sie gingen in den Wald und brachten große Sträuße mit. Emil kannte fast alle Pflanzen und nannte ihnen die Besonderheiten und die Namen. Vom Wollgras bis zur Eberesche, vom Sauerampfer bis zu den Schmetterlingsblütlern, vom Moos und seiner geheimnisvollen Fortpflanzung bis zum Knabenkraut — alles erzählte er ihnen, so gut er's wußte.

Daraufhin fuhr der Justizrat nach Rostock und besorgte in der Universitätsbuchhandlung ein botanisches Lehrbuch und einen Leitfaden zur Pflanzenbestimmung.

Doch ausgerechnet seit diesem Tag interessierte sich niemand mehr für Blumen, Gräser und Sträucher. Außer Emil.

„Drucksachen machen mich nervös", erklärte Gustav, der Motorradmeister.

Eines Tages erhielt die Großmutter einen Brief aus Neustadt. Es war ein langer Brief. Sie las ihn zweimal. Dann steckte sie ihn in ihren Pompadour und sagte zu sich: „Aha."

Doch zu Emil sagte sie nichts. Wenigstens vorläufig nicht.

Als sie mittags in der Veranda saßen und sich's schmecken ließen, meinte der Justizrat: „Falls es den verehrten Anwesenden nicht allzu unangenehm ist, möchte ich vorschlagen, daß wir heute abend ins Strandhotel gehen und uns die dortigen Darbietungen zu Gemüte führen."

Die Jungen hätten am liebsten den Nachtisch stehen- und

liegenlassen. Obwohl es sich um Weingelee handelte. Und Weingelee war eine Spezialität von Klotilde Schlips!

Na, sie aßen den Nachtisch trotz alledem. Dann aber rannten sie im Dauerlauf zum Strandhotel. Während sie vor dem Hoteleingang herumstanden und beratschlagten, wer von ihnen hineingehen und mit dem Pikkolo reden sollte, erschien Pony Hütchen auf der Bildfläche.

„Nanu, wie kommst denn du hierher?" fragte Gustav.

„Auf zwei Beinen", erklärte Pony. „Im übrigen will ich für heute abend einen Tisch bestellen. Oder habt ihr etwas dagegen?"

Es erhob sich kein Widerspruch.

Pony ging in das Hotel hinein.

Der Herr Geschäftsführer kam auf sie zu. „Womit kann ich Ihnen dienen, gnädiges Fräulein?"

„Ich möchte den Pikkolo sprechen."

„Schmauch ist im Speisesaal", sagte der Herr Geschäftsführer, drehte ihr den Rücken und verschwand im Schreibzimmer.

Pony fand den Speisesaal! Und sie fand Hans Schmauch, den Pikkolo. Er balancierte gerade einen Berg Teller übers Parkett und meinte: „Moment, Pony. Stehe sofort zu Diensten."

Sie wartete.

Er kam eilends zurück und fragte: „Was darf's denn sein?"

„Ich möchte für heute abend einen Tisch bestellen."

„Für wieviel Personen?"

„Moment. Ich muß mal nachrechnen. Also für den Justizrat, seine Frau, die Großmutter, mich, Klotilde Schlips und drei Jungens, das sind..."

„Acht Personen", erklärte der Pikkolo. „Ist gemacht. Möglichst weit vorn. — Vielleicht kommt mein Onkel, der Kapitän, auch her. Den müßt ihr kennenlernen."

Pony gab Hans Schmauch die Hand und sagte: „Also einen Tisch für neun Personen."

Der Pikkolo machte eine Verbeugung. „Die Vorstellung beginnt kurz nach acht Uhr."

„Das macht nichts", erwiderte Pony. „Wir kommen trotzdem!"

Nach dem Abendessen zogen sich sämtliche Bewohner der Villa Seeseite so fein wie möglich an und spazierten feierlich zum Strandhotel. Der Tisch, den Hans Schmauch reserviert hatte, stand in der ersten Tischreihe, ganz vorn an der Bühne. Der Justizrat bestellte für die Erwachsenen Wein. Die Kinder bekamen Orangeade.

Die Vorstellung hatte noch nicht begonnen, obwohl es acht Uhr war. Die Kapelle spielte bekannte Konzertstücke, eins nach dem andern, und der Saal füllte sich mit vergnügten Kurgästen, bis schließlich kein Tisch mehr frei war.

Vorm Hotel hatten sich zahlreiche Einwohner aus Korlsbüttel eingefunden. Sie blickten neugierig durch die Hotelfenster und wollten gratis zuschauen. Doch da kamen ein Kellner und der Pikkolo angerückt und zogen die Vorhänge zu. Der Pikkolo war übrigens nicht sehr gründlich. Die Portieren, die er schloß, ließen breite Spalten offen.

„Das ist nett von ihm", sagte Emil. „Nun können die Leute draußen doch noch ein bißchen was sehen."

„Hans Schmauch, der Menschenfreund", meinte der Professor.

Sein Vater, der Justizrat, klopfte Gustav auf die Schulter. „Seit wann bist du denn so fleißig, daß du mit Büchern ins Varieté gehst?"

Gustav wurde rot. „Es ist ein englisches Wörterbuch", erklärte er.

„Willst du hier Vokabeln pauken?"

Gustav schüttelte den Kopf. „In den Ferien? Das fehlte noch!"

Pony lachte. „Er will sich bestimmt mit den zwei akrobatischen Zwillingen unterhalten."

„Will ich auch", meinte Gustav. „Die Jungens heißen Byron. Sind also Engländer. Na, und wenn sie mir etwas antworten, was ich nicht kapiere, schlage ich einfach im Wörterbuch nach."

„Auf diese Unterhaltung bin ich gespannt", sagte die Großmutter. Sie hatte ein schwarzes Taftkleid an und sah pompös aus.

Dann tauchte noch ein Gast auf. Ein großer, behäbiger Mann. Er trug eine blaue Schiffermütze und einen blauen Anzug, blieb auf dem Parkett stehen und schaute sich suchend um. Plötzlich kam der Pikkolo angefegt, sprach mit dem Mann, führte ihn an Haberlands Tisch und sagte: „Darf ich den Herrschaften meinen Onkel vorstellen? Herr Kapitän Schmauch." Dann ging Hans wieder fort.

Die Kinder standen auf. Der Justizrat auch. Er begrüßte den Onkel des Pikkolos und bat ihn, am Tisch Platz zu nehmen.

Der Kapitän gab allen die Hand und meinte: „Nur nicht so förmlich. Sonst gehe ich wieder."

Deshalb setzten sie sich alle. Der neue Gast bestellte beim Kellner einen Grog von Rum. Dann sagte er: „So'n Haufen junges Volk am Tisch — das ist ganz was Feines. Erzählt mal was aus der Schule, ihr Brüder. Seit ich vom Gymnasium flog, sind vierzig Jahre vergangen. Das war eine dolle Zeit."

Die Jungen dachten nach. Aber es wollte ihnen nichts einfallen, was einen alten Kapitän interessieren konnte. Er blickte erwartungsvoll von einem zum andern, schlug sich aufs Knie und meinte: „Ist's die Möglichkeit! Da waren wir aber andre Kerls! Bei uns passierte jeden Tag irgend ein Unfug."

„Ach, so was wollen Sie hören?" rief Gustav.

„Dachtet ihr vielleicht, ihr sollt mir das Lied von der Glocke aufsagen?"

Gustav meinte: „Ich habe mir in der letzten Woche vor den Ferien ein Ding eingerührt, das war nicht von schlechten Eltern. Erst wollten sie mich gleich an die Luft setzen. Aber es hat sich noch einmal eingerenkt."

Die andern hörten gespannt zu.

„Das kam so", erzählte Gustav. „Vor der Physikstunde war große Pause. Und da war der Mehnert, das ist unser Primus, zum Direktor gelaufen und hatte einen von uns verraten. Nicht mich. Aber ich bin in der Klasse 'ne Art höhere Gewalt. Und wenn so was los ist, bin ich die Exekutive.

Nun hatte der gute Mehnert aber Angst und ließ sich in der Pause nirgends blicken. Er kam erst, als wir schon alle im Physiksaal saßen, mit Purzel, ich meine, mit Herrn Professor Kaul angerückt. Der Schuldiener war auch dabei. Der hilft dem Professor Kaul immer bei den Experimenten.

Es sollte irgend was mit elektrischen Funken gezeigt werden. Die Funkenlänge oder etwas Ähnliches. Kaul und der Schuldiener bauten die Apparate auf. Und dann wurden die schwarzen Vorhänge zugezogen. Damit wir im Dunkeln die Funken besser sehen konnten. ‚Mensch', sagte da Körte, mein Nachbar, leise. ‚Das ist eine fulminante Gelegenheit. Du schleichst dich im Dunkeln vor bis an die erste Reihe, knallst dem Mehnert ein Ding hinter die Löffel, und ehe Purzel, nein, Professor Kaul Licht gemacht hat, bist du längst wieder auf deinem Platz.'

Der Vorschlag gefiel mir kolossal. Denn wenn so'n Verräter wie Mehnert vor allen Leuten eine geklebt kriegt, daß es 'n Echo gibt, und bei Licht war's gar niemand, sondern die Gerechtigkeit persönlich — na, so ein überirdischer Vorgang ist natürlich ein Glücksfall." Gustav sah sich prüfend um. Die andern lauschten angespannt.

„Na ja", meinte er. „Es war stockdunkel. Wie im Kohlenkeller. Und Purzel, nein, Professor Kaul sagte, es ginge gleich los, und wir sollten auf die Funken Obacht geben. Und während nun alle Obacht gaben, schlich ich mich bis zur ersten Reihe vor und holte mächtig aus. Fehlgehen konnte die Ohrfeige nicht. Denn Mehnert sitzt seit Jahren in der ersten Reihe auf dem ersten Platz.

Ich holte, wie gesagt, enorm aus und knallte dem Kerl ein Ding, daß mir fast die Hand abgebrochen wäre."

Kapitän Schmauch schlug sich aufs Knie. „Ausgezeichnet! Dann setztest du dich wieder hin. Und niemand war's gewesen."

Gustav schüttelte melancholisch den Kopf. „Nein, ich setzte mich nicht wieder hin. Sondern ich blieb vor Schreck stehen, wo ich stand."

„Vor Schreck?" fragte Klotilde. „Wieso vor Schreck?"

„Mehnert hatte nämlich keine Haare."

„Keine Haare?" fragte Emil.

„Er hatte eine Glatze. Es war nämlich gar nicht Mehnert, sondern Purzel, nein, der Herr Professor Kaul."

Sogar der Kellner, der den Grog für den Kapitän gebracht hatte, hörte zu.

„Jawohl", meinte Gustav. „Professor Kaul hatte sich im Dunkeln neben Mehnert in die Bank gesetzt. Weil er das Experiment auch sehen wollte. Kann man ja verstehen. Physik ist für einen Physikprofessor natürlich hochinteressant. Aber ich konnte ja schließlich nicht riechen, daß er sich im Finstern auf Mehnerts Platz gesetzt hatte."

Kapitän Schmauch lachte derartig, daß man die Kapelle nicht mehr hörte. Obwohl sie gerade einen Marsch spielte.

Fräulein Klotilde Seelenbinder war ganz blaß geworden. „Entsetzlich!" flüsterte sie. „Da kriegt man ja Gänsehaut."

Der Justizrat beugte sich vor. „Und wie ging die Geschichte weiter?"

Gustav kratzte sich hinterm Ohr. „Is ja alles halb so wichtig", sagte er. „Aber immerhin. Mir ist schon manchmal wohler zumute gewesen. Na ja, plötzlich machte wer Licht. Und Purzel saß auf Mehnerts Platz und hielt sich die Glatze. Ein Wunder war's nicht, daß ihm der Kopf wehtat. Ich hatte mein möglichstes getan. Die Klasse saß da, als ob's gedonnert hätte. Und vor der Wandtafel stand unser alter Schuldiener und machte sein dämlichstes Gesicht. Und die elektrischen Funken sprühten fleißig weiter. Aber kein Aas guckte hin.

‚Wer war das?' fragte Purzel, nein, Herr Professor Kaul nach einer langen Pause.

‚Ich', sagte ich. ‚Ich bitte um Entschuldigung, Herr Professor. Ich habe mich geirrt.'

‚Darauf kannst du dich verlassen', meinte er. Und dann rannte er mitten in der Physikstunde aus dem Zimmer. Dabei hielt er sich den Kopf, als hätte er Angst, er könnte ihm runterpurzeln, nein, runterfallen."

„Fabelhaft", meinte Pony. „Du bist ein Mordskerl!"

Gustav dachte nach. Dann sagte er: „Mir war nun schon alles egal. Während die andern noch baff dasaßen, griff ich mir Mehnert und verbleute ihn, bis er nicht mehr in seinen Anzug paßte. Er hat drei Tage gefehlt. — Na ja, und nachdem ich unsern edlen Primus vertrimmt hatte, kam der Pedell und transportierte mich zum Direktor. Purzel saß auf dem Sofa und hatte einen kalten Wickel im Genick.

‚Ich erfahre soeben, daß du in der Dunkelheit einen alten verdienten Lehrer unsrer Anstalt überfallen hast', erzählte der Direktor. ‚Wir werden dich selbstverständlich von der Schule weisen. Aber zuvor möchte ich dich ersuchen, uns die Beweggründe deines heimtückischen Unterfangens mitzuteilen.' Da war's aber bei mir zappenduster! Daß ich heimtückisch wäre, hat mir noch niemand gesagt. Na, und da packte ich gründlich aus. Ich sagte, wenn jemand ein heimtückischer Kerl sei, dann sei's der Vorzugsschüler Mehnert. Und der Genickschlag hätte eigentlich Mehnert gegolten, weil er in der großen Pause einen Klassenkameraden beim Direx verpfiffen hätte. Und sie könnten ja in den Physiksaal gehen und sich die Überreste ihres Lieblings gerührt betrachten. Wenn sie solche schlechten Charaktere lieber hätten als mich, könnte ich's auch nicht ändern. Und so weiter."

Kapitän Schmauch betrachtete Gustav, der zornig dasaß, liebevoll. „Und was geschah dann?"

Gustav sagte: „Dann geschah etwas, was ich dem Herrn Professor Kaul bis an mein Lebensende nicht vergessen werde."

„Was hat er denn getan?" fragte Emil.

„Er hat gelacht", berichtete Gustav. „Gelacht hat er, daß ihm die Kompresse herunterfiel!"

Kapitän Schmauch schlug sich aufs Knie. Dann drehte er sich zu dem Kellner um, der noch immer dastand und zuhörte, und rief: „Ober, Grog Nummer zwei!"

VARIETÉ IN KORLSBÜTTEL

Die Kapelle spielte einen Tusch. Auf der Bühne erschien ein schick angezogener, etwas zu geschniegelter Herr und begrüßte die so zahlreich Erschienenen im Namen der Hoteldirektion. Er versprach ihnen einen gelungenen Abend und machte anschließend ein paar Kalauer, über die er nur selber lachte. Das verdroß ihn, und er kündigte geschwind die erste Darbietung an. Und zwar Ferdinand Badstübner, den Caruso zur Laute.

Caruso Badstübner war ein dicker grauhaariger Herr mit Baßlaute und einer kleinen Studentenmütze. Die Laute hatte er in der Hand, die bunte Mütze hingegen auf dem Kopfe. Er griff in die Saiten und schmetterte einige Lieder, die vorwiegend von Heidelberg, von einem Feinsliebchen, von schönen Wirtstöchtern und von ziemlich vielen Weinfässern und Bierkrügen handelten. Seine Stimme klang nicht mehr ganz neu. Als er am Ende war, schwenkte er sein Mützchen. Und dann fiel der Vorhang.

„Zum Studium blieb damals wohl gar keine Zeit übrig?" fragte der Professor seinen Vater.

„Die Lieder übertreiben", erklärte der Justizrat. „Wenn wir gar nicht studiert hätten, dann hätten wir ja auch gar nichts gelernt."

Klotilde wollte auch etwas wissen. „Wieso ist der alte Mann, der eben gesungen hat, eigentlich noch Student? Und wenn er Student ist, wieso singt er hier Lautenlieder vor?"

Die andern sahen einander an. Schließlich sagte die Groß-mutter: „Es ist wahrscheinlich ein Werkstudent."

„Aha", meinte Klotilde Seelenbinder. „Dann freilich."

Und als die andern lachten, wußte sie nicht einmal weshalb.

Gustav sagte: „Ich werde überhaupt nicht studieren. Ich werde Autorennfahrer oder Kunstflieger." Er wendete sich an Emil. „Wirst du studieren?"

Emil schloß einen Moment die Augen. Er dachte an Ober-wachtmeister Jeschke und an die Unterhaltung mit ihm. — „Nein", antwortete er. „Ich studiere nicht. Ich will so rasch wie möglich Geld verdienen und selbständig werden."

Die Großmutter blickte ihn von der Seite an. Aber sie schwieg.

Die nächste Darbietung bestand aus einer akrobatischen Tän-zerin. Sie wirbelte so schnell um ihre eigene Achse, daß man manchmal denken konnte, sie habe die Augen auf dem Rücken und den Hinterkopf im Gesicht.

Der Kapitän klatschte mit seinen Riesenfäusten so laut, daß es klang, als zerschlüge er prall mit Luft gefüllte Tüten. Er beugte sich vor und fragte Klotilde: „Können Sie auch so tan-zen?"

Da kam er aber an die falsche Adresse. „Ich würde mich schä-men", erwiderte sie, „mich vor fremden Leuten derartig zu ver-renken!"

„Na, aber zu Hause kannst du's uns ja einmal zeigen", meinte der Professor. Und die Jungens grinsten bei dem Gedanken, daß Fräulein Seelenbinder, auch Schlips genannt, in der Veranda der Villa Seeseite den Handstand vorführen könnte, statt das Mit-tagessen zu kochen.

Dann spielte die Kapelle zum Tanz auf. Einige Gäste tanzten. Auch der Kapitän Schmauch. Mit Klotilde. Und der Justizrat mit seiner Frau. Die Großmutter wiegte den Kopf zur Musik und war guter Laune.

Plötzlich machte ein junger Mann vor Pony Hütchen einen Diener und fragte: „Gnädiges Fräulein, darf ich um diesen Tanz bitten?"

Emil blickte den jungen Mann an und lachte: „Das gnädige Fräulein kann noch gar nicht tanzen."

Pony stand auf. „Hast du eine Ahnung, mein Junge", sagte sie. „Ha!" Und dann tanzte sie mit dem jungen Mann, als hätte sie nie etwas anderes getan.

„Nun guckt euch bloß unser gnädiges Fräulein an!" rief der Professor. „Sie geht doch aber noch gar nicht in die Tanzstunde!"

Die Großmutter erklärte: „Uns jungen Mädchen ist das Tanzen angeboren."

Gustav schüttelte den Kopf. „So 'ne Göre! Ist nicht älter als ich und spielt hier das gnädige Fräulein."

Der nächste Tanz war ein Walzer. „Das ist was für uns junges Volk", sagte der Kapitän zu Pony. Und dann walzte er mit der Kleinen durch den Saal, daß sich gar niemand andres zu tanzen traute. Manchmal schwenkte er Pony hoch durch die Luft. Es ging großartig. Hinterher applaudierten alle Gäste. Und sogar die Kellner. Der Kapitän ließ Pony einen Knicks machen. Und er selber machte auch einen!

Später erschien der geschniegelte Herr wieder auf der Bühne. Es sei ihm ein besonderes Vergnügen, meinte er, einen Vortragskünstler anzukündigen, der in allen berühmten Kabaretts des Reiches mit wahren Beifallsstürmen überschüttet worden sei.

„Da bin ich aber neugierig", erklärte Kapitän Schmauch. „Wenn einer solchen Erfolg hat, kommt er hinterher ausgerechnet zu uns nach Korlsbüttel?" Sie warteten also, daß der Vorhang wieder aufginge.

Und als er das tat und der berühmte Künstler zum Vorschein kam, sagte Emil ganz laut: „Ach, du liebes Bißchen!"

Denn der große Künstler war niemand anders als der Ansager selber. Er hatte sich nur mit einem Zylinder, einem Spazierstock und einem Monokel ausgerüstet.

„Da bin ich", behauptete er. „Als erstes bringe ich Ihnen einen seriösen Vortrag. Und zwar ein Chanson mit dem Titel ‚Das Leben ist nun einmal so'. Theobald, hau 'rein!" (Mit ‚Theobald' meinte er den Klavierspieler. Und mit ‚Hau 'rein!' das Klavier.)

Als er fertig war, erklärte die Großmutter: „Wenn dieser Klapsmann in großen Kabaretts aufgetreten ist, bin ich die Großherzogin von Lichterfelde-Ost."

Der Vortragskünstler ließ zwei lustige Lieder folgen, die genau so traurig waren. Und dann kündigte er eine Pause von zehn Minuten an.

Die Jungens traten aus dem Hotel hinaus auf die Düne und betrachteten das Meer. Es lag glatt und bleifarben da. Nur der Widerschein des Mondes lief wie eine schmale silberne Straße über das dunkle Wasser.

Die Wellen klatschten in regelmäßigen Abständen ans Ufer. Die Silhouetten der vielen Strandkörbe hoben sich vom Himmel ab wie Kornpuppen auf einem nächtlichen Feld.

Es war ein klein wenig unheimlich unter dem von glitzernden Sternen übersäten Himmel.

Der Professor flüsterte: „Mir ist kalt."

Da gingen sie in den Saal zurück und setzten sich wieder zu Pony und den Erwachsenen.

Nach der Pause trat die akrobatische Tänzerin noch einmal auf. Dann zeigte ein Zauberer phantastische Kartenkunststücke. Und dann endlich kam die Glanznummer des Abends, ‚The three Byrons'!

Was Mister Byron mit seinen beiden Zwillingen zuwege brachte, war geradezu unfaßbar. Die Zuschauer saßen steif auf ihren Stühlen und wagten kaum zu atmen. Am großartigsten wurde es, als sich Mister Byron rücklings auf ein Taburett legte und die Arme hochreckte. Jackie Byron, der größere Zwilling, machte in der rechten Handfläche seines Vaters den Kopfstand, und Mackie Byron in der linken Hand. Erst hielten sie sich noch mit ihren Händen an Mister Byrons Armen fest. Aber dann ließen sie seine Arme los und legten ihre Hände stramm an die Hosennaht! So standen sie auf dem Kopf. wie kleine umgekehrte Soldaten. Hinterher sprangen sie wieder auf die Füße und lächelten, als sei gar nichts gewesen.

Mister Byron blieb auf seinem Taburett liegen, zog die Knie an den Leib und streckte die Füße hoch. Mackie legte sich bäuchlings auf die väterlichen Fußsohlen. Mister Byron bewegte jetzt die Füße, fast wie ein Radfahrer, und Mackie drehte sich auf den Sohlen seines Vaters um die eigene Längsachse wie eine rasende Spindel. Dann flog er plötzlich in die Luft, wirbelte um sich selber, fiel wieder auf Byrons Füße, wurde wieder hochgeworfen, drehte sich in der Luft um neunzig Grad und fiel — nein, er fiel nicht, sondern stand auf einmal mit seinen Füßen auf den Füßen Mister Byrons!

Klotilde meinte mit zitternder Stimme: „Ich kann gar nicht mehr hinsehen."

Aber Emil, Gustav und der Professor waren hingerissen.

„Schade, daß der kleine Dienstag nicht mit ist", sagte Gustav.

Dann legte sich Jackie Byron, der eine Zwilling, aufs Taburett, streckte die Arme hoch, ergriff die Hände seines Vaters, und dann machte dieser große schwere Athlet auf Jackies hochgestreckten Armen einen Handstand!

„Daß dem Jackie nicht die Knochen brechen, ist mir rätselhaft", flüsterte Emil.

Gustav nickte. „Daß da nichts passiert, spricht gegen sämtliche physikalischen Gesetze."

Als die drei Byrons mit ihren Künsten zu Ende waren, brach ein unerhörter Beifall los. Die Korlsbüttler Einwohner, die vor dem Hotel standen und durch die Vorhangspalte blickten, klatschten so lange, bis die Fledermäuse aufgeregt umherflatterten. Der Bühnenvorhang mußte zwölfmal aufgezogen werden.

Gustav ergriff sein englisches Wörterbuch und stand, zum äußersten entschlossen, auf. „Los!" sagte er und lief davon. Der Professor und Emil folgten ihm eilig.

Sie erwarteten die Zwillinge im Korridor hinter der Bühne.

„Hallo, boys!" rief der Professor.

Die Zwillinge drehten sich um.

„A moment, please", bat Gustav.

Mackie, der Kleinere, setzte sich in Trab und verschwand in einem Hinterzimmer. Jackie blieb stehen.

„You are wonderful", meinte Emil. „Very nice, indeed. My compliments, Byron."

Jackie Byron kam auf sie zu. Er sah mächtig müde und verschwitzt aus.

Gustav blätterte im Wörterbuch. „Hallo, dear", stotterte er dann. „We have seen you. It's the greatest impression in all my life, by Jove! Do you understand?"

Jackie Byron blickte die drei Jungen lange an. Dann sagte er leise: „Nu macht mal keinen Quatsch! Ich verstehe kein einziges Wort Englisch. 'N Tag, die Herren!"

Die drei Freunde machten verblüffte Gesichter.

Gustav klappte das Wörterbuch zu. „Mich trifft der Schlag. Ich denke, du bist Engländer?"

„Ach wo", erwiderte Jackie. „Unsere Namen sind Künstler-

Als die drei Byrons mit ihren Künsten zu Ende waren, brach ein
unerhörter Beifall los.

namen. Ausländische Namen ziehen mehr. Was glaubt ihr wohl, wie ich in Wirklichkeit heiße?"

Sie zogen Stirnfalten und dachten nach: „Sag's lieber gleich", empfahl der Professor. „Sonst könnten wir ja das ganze Adreßbuch durchraten."

Jackie hielt einen Finger vor den Mund. „Ihr dürft es natürlich nicht weitererzählen. Ich heiße, nein, ich sag's doch lieber nicht."

Emil meinte: „Ich heiße Tischbein. Viel schlimmer wirst du auch nicht heißen."

„Doch", sagte Jackie. „Also gut. Ich heiße Paul Pachulke und bin aus Berlin-Teltow."

„Paulchen Pachulke", flüsterte Gustav. „Aus Teltow an der Rübe!" Er staunte. „Na, is ja alles halb so wichtig. Ich heiße Gustav. Und wir wollten dir mitteilen, daß wir schwer begeistert sind. Mensch, ihr seid Sonderklasse."

Jackie freute sich über das Lob. „Sehr angenehm", sagte er. „Kommt ihr morgen wieder ins Bad?"

Sie nickten.

„Bis morgen also!" rief er und lief in das Zimmer, in dem sein Bruder vorher verschwunden war.

Die drei Freunde standen im Korridor, blickten sich an und mußten schließlich lachen.

Gustav schob sein Wörterbuch verächtlich in die Tasche, hakte sich bei Emil und dem Professor ein und sagte: „Da habt ihr's. Dazu lernt der Mensch nun fremde Sprachen!"

DER DRITTE ZWILLING TAUCHT AUF

Tags darauf regnete es Strippen. Sie blieben also zu Hause, schrieben Briefe und Ansichtskarten, spielten Schach und Halma, blickten dauernd aus dem Fenster und kamen sich wie Laubfrösche im Wetterglas vor. Glücklicherweise erschien der kleine Dienstag zu Besuch. Er hatte seines Vaters Schirm aufgespannt und stand wie ein Pilz im Garten.

Sie ließen ihn herein und schwärmten ihm von den drei Byrons und ihren Kunststücken vor. Sie berichteten ihm auch, daß Pony Hütchen ‚gnädiges Fräulein‘ genannt worden war.

„Ja, ja", sagte Dienstag. „Wir werden alt."

Und weil Pony bei Klotilde in der Küche war und dort kochen lernte, rannten sie rasch über den Flur, rissen die Küchentür auf und riefen: „Gnädiges Fräulein, Ihr Tänzer steht draußen!"

Pony sah tatsächlich aus dem Fenster.

Da lachten die Jungen und rannten in die Veranda zurück. Dort sagte der Professor: „Habt ihr auch einen Aufsatz über Ferienerlebnisse aufgekriegt?"

„Klar", meinte Gustav. „Es ist jedes Jahr dasselbe. Das schönste Ferienerlebnis und das spannendste Ferienerlebnis und das interessanteste Ferienerlebnis! Man verliert nach und nach die Lust, überhaupt noch etwas zu erleben!"

„Bei dem Sauwetter könnte man den Aufsatz eigentlich schon heute schreiben", schlug der Professor vor. „Dann sind wir ihn los."

Emil war dafür. Aber Gustav und Dienstag waren dagegen.

Der Professor suchte zu vermitteln. „Wir könnten wenigstens mit den Vorstudien anfangen." Er holte ein Buch, das seinem Vater gehörte, vom Tisch und blätterte darin. „Vielleicht findet man etwas Passendes, und wenn's ein Zitat ist."

„Unser Deutschlehrer haßt Zitate", sagte Gustav. „Er ist der Ansicht, wir sollten uns gefälligst selber etwas einfallen lassen, statt aus Büchern abzuschreiben. Das sei genau so verwerflich wie das Abschreiben vom Nachbarn." Er lachte vor sich hin. „Ich für mein Teil schreibe übrigens lieber von meinem Nachbarn ab."

Emil fragte den Professor, was er lese.

„Das sage ich nicht", meinte der. „Ihr müßt raten. Hört einmal zu!" Er setzte sich auf den Tisch und las: „Bei uns ist Gesang die erste Stufe der Bildung, alles andere schließt sich daran und wird dadurch vermittelt. Der einfachste Genuß sowie die einfachste Lehre werden bei uns durch Gesang belebt und eingeprägt, ja selbst was wir überliefern von Glaubens- und Sittenbekenntnissen, wird auf dem Wege des Gesanges mitgeteilt." Der Professor blickte auf. „Na, von wem ist das wohl?"

„Wahrscheinlich von dem Dirigenten eines Gesangvereins", erklärte Gustav.

Der Professor lachte. „Falsch! Menschenskind, hast du dich aber blamiert! Es ist von Goethe!"

Dienstag sagte: „Wenn es von Goethe ist, Professor, ist es aber von von Goethe. Mit zwei von. Weil er adlig war."

„Is ja alles halb so wichtig", murmelte Gustav.

Der Professor las weiter. „Indem wir die Kinder üben, Töne, welche sie hervorbringen, mit Zeichen auf die Tafel schreiben zu lernen und nach Anlaß dieser Zeichen sodann in ihrer Kehle wiederzufinden, ferner den Text darunterzufügen, so üben sie zugleich Hand, Ohr und Auge und gelangen schneller zum

Recht- und Schönschreiben, als man denkt. Und da dieses alles zuletzt nach reinen Maßen, nach genau bestimmten Zahlen ausgeübt und nachgebildet werden muß, so fassen sie den hohen Wert der Meß- und Rechenkunst viel geschwinder als auf jede andere Weise. Deshalb haben wir denn unter allem Denkbaren die Musik zum Element unserer Erziehung gewählt, denn von ihr laufen gleichgebahnte Wege nach allen Seiten."

„War denn von Goethe Schuldirektor?" fragte Dienstag erstaunt. „Ich denke, er war Minister."

„Alles mit Gesang!" rief Gustav außer sich. „Stellt euch einmal vor, wir müßten in der Penne Zinsrechnungen und Gleichungen mit einer Unbekannten singen! Ich kann das nicht schön finden."

„Goethe meinte sicher nur die ersten Schuljahre", sagte Emil. „In den Anfängen hängen doch alle Fächer viel enger miteinander zusammen."

Da trat der Justizrat in die Veranda. „Was lest ihr denn da?" Sein Sohn erzählte es ihm.

„Aha", sagte der Justizrat. „Wilhelm Meisters Wanderjahre."

„Ich bin ganz entschieden gegen gesungenen Unterricht", erklärte Gustav. „Ich habe im Singen eine Vier. Weil ich total unmusikalisch bin. Nun stellt euch vor, ich müßte in allen Fächern und Unterrichtsstunden singen! In Latein, Mathematik, Geschichte und so — es ist gar nicht auszudenken."

Dienstag rief: „Ohne Gesang wirst du in Latein und Mathematik auch nicht viel besser sein!"

„Stimmt", sagte Gustav. „Also bitte schön, meinetwegen können wir von jetzt ab die unregelmäßigen Verben vierstimmig konjugieren."

Justizrat Haberland lachte. „Die pädagogische Provinz, die Goethe in den ‚Wanderjahren‘ beschreibt, ist das humanistische

Wunschgebilde eines sehr alten und sehr großen Dichters. Später werdet ihr es besser verstehen."

„So schwer verständlich ist das alles gar nicht", erklärte der Professor. „Hört einmal zu!" Und er las: „Wohlgeborene, gesunde Kinder bringen viel mit; die Natur hat jedem alles gegeben, was er für Zeit und Dauer nötig hätte. Dieses zu entwickeln ist unsere Pflicht, öfter entwickelt sich's besser von selbst." Er klappte das Buch zu und sah seine Freunde an. „Da habt ihr's!"

„Was haben wir?" fragte Gustav. „Wohlgeborene, gesunde Kinder sind wir alle, die wir hier sitzen. Und was weiter?"

Der Professor tippte mit dem Zeigefinger auf das Buch: „Goethe meint . . ."

„Von Goethe meint", berichtigte Dienstag.

„Goethe meint, daß wir von Natur aus, sozusagen noch verborgen, schon alles besitzen, was wir fürs Leben brauchen. Es kann sich, meint Goethe, ganz von selber entwickeln. Es muß nicht dauernd jemand an uns herumdoktern. Mit Vorschriften und Aufsicht und Zensurverteilen." Er blickte zu seinem Vater hinüber. „Du weißt genau, daß ich nicht dich damit meine, alter Herr. Aber viele Eltern und Lehrer packen es grundfalsch an."

„Es ist verteufelt schwer", sagte der Justizrat, „Kinder nicht zu sehr, aber auch nicht zu wenig zu erziehen. Und bei jedem Kind liegt der Fall anders. Das eine entwickelt seine angeborenen Fähigkeiten mühelos. Und bei dem andern muß man sie mit der Beißzange herausholen, sonst kämen sie nie ans Licht." Er setzte sich. „Ihr werdet's schon noch erleben, wenn ihr später einmal selbst Väter sein werdet."

„Darauf freue ich mich schon heute", meinte Emil.

„Na", rief der Justizrat, „manchmal kann man dabei auch

graue Haare kriegen!" Er blickte zu seinem Sohn hinüber. „Du weißt genau, daß ich nicht dich damit meine, mein Junge."

„Das mit dem ‚Sich-selber-entwickeln' leuchtet mir ein", erklärte Gustav. „Ich könnte bestimmt ohne Diktate, Nachsitzen und Zensuren ein ebenso guter Autorennfahrer werden. Nein, ein noch viel besserer. Weil ich dann mehr Zeit zum Trainieren hätte."

„Meine sehr geehrten Herren", sagte der Justizrat lächelnd, „wollt ihr euch also einmal ein paar Tage von selber und ungestört entwickeln? Das könnt ihr haben. Ich ging vorhin am Reisebüro vorbei und las, daß übermorgen eine mehrtägige Reise nach Kopenhagen beginnt. Nun, ich war lange nicht mehr in Kopenhagen. Und in Klampenborg und in Marienlyst auch nicht. Ich habe Sehnsucht nach Dänemark und schlage vor, daß meine Frau und ich, Emils Großmutter, unsere Klotilde und Pony Hütchen übermorgen von Warnemünde aus mit dem Trajekt nach Norden abdampfen."

„Und wir?" fragte der Professor.

„Ihr Jungens bleibt allein in Korlsbüttel. Mittagessen könnt ihr im Gasthof. Geld lasse ich euch da, falls ihr das nicht schon als einen zu großen Eingriff in eure Entwicklung anseht."

„Wir sind nicht kleinlich", meinte Gustav. „Das Geld nehmen wir."

„Aber um alles andre müßt ihr euch selber kümmern", meinte der Justizrat. „Da habt ihr reichlich Gelegenheit, euch nach Herzenslust zu entwickeln. Da seid ihr nur euch selber verantwortlich und könnt sehen, ob das ein Vergnügen oder eine Last ist. Einverstanden?"

Die Jungen waren begeistert.

Der Professor trat zu dem Justizrat und fragte stolz: „Gibt es einen besseren Vater als meinen?"

„Nein!" brüllten sie.

Der kleine Dienstag hob die Hand wie in der Schule und bat: „Herr Justizrat, können Sie meine Eltern nicht auch mitnehmen?"

Am Nachmittag regnete es noch immer. Als sie beim Kaffee saßen, tauchte Kapitän Schmauch auf. Klotilde mußte ihm einen steifen Grog brauen. Er setzte sich in den Lehnstuhl, stopfte seine Shagpfeife, paffte blaue Wolken gegen die Gardinen und sagte: „Hier ist's gemütlich! Seit ich gestern abend mit euch zusammen war, habe ich in meinem eignen Hause Budenangst."

„Sie hätten, als Sie jünger waren, heiraten sollen", entgegnete die Großmutter.

„Nee", sagte der Kapitän. „Der Mann dauernd auf dem Ozean und die Frau Gemahlin dauernd allein zu Hause — das wäre auch nicht das Richtige gewesen. Heute abend gondle ich schon wieder auf ein paar Tage nach Südschweden. Holz frachten. So geht das nun seit Jahrzehnten. Und immer solo! Wenn wenigstens der Hans für immer in Korlsbüttel bliebe. Aber wenn seine Lehrzeit als Pikkolo vorbei ist, geht er ja nach England und Frankreich. Ein Kellner muß in fremden Ländern herumgekommen sein und kann nicht wegen eines alten Onkels hierbleiben. Na ja, und so wird man älter und älter. Bis man eines schönen Tages nicht mehr älter wird." Er war richtig gerührt. Deswegen bekam er noch einen Grog.

Dann aber mußte er an Bord. Er zog seinen Ölmantel an und stiefelte in den Regen hinaus. In Richtung Schweden.

Nach dem Abendessen saßen die Jungen wieder allein in der Veranda. Dienstag war noch da. Er hatte die Erlaubnis seiner Eltern, bis neun Uhr zu bleiben. Der Regen trommelte aufs Dach. Sie langweilten sich.

Plötzlich preßte sich ein Gesicht ans Verandafenster. Und es klopfte leise an die Glasscheibe.

Die vier sprangen auf. Der Professor lief zur Tür und riß sie auf: „Wer ist da?"

Hastig trat eine vermummte Gestalt ein.

Es war Hans Schmauch, der Pikkolo. „Entschuldigt die Störung", sagte er. „Aber ich brauche euren Rat." Er legte die nasse Pelerine ab. „Stellt euch folgendes vor: Gegen acht Uhr bestellte Mister Byron einen Tee bei mir. Auf sein Zimmer. Ich trug also den Tee hinauf. Als ich wieder gehen wollte, meinte er, er müsse mich was fragen. Es dürfe aber kein Mensch erfahren. Ich nickte. Was hätte ich andres tun sollen, nicht? Dann sagte er: ‚Du bist ein ausgezeichneter Turner. Ich habe dich im Bad turnen sehen. Du hast Talent. Wenn ich dich ausbilde, kannst du ein großartiger Artist werden. Und vor allem bist du so wunderbar klein und leicht! Laß dich einmal heben!' Er hob mich mit einem Arm hoch und wirbelte mich derartig durch die Luft, daß mir schwarz vor Augen wurde. Dann setzte er mich wieder nieder. ‚Ihr Tee wird kalt, Mister Byron', sagte ich und wollte aus dem Zimmer. Er aber verstellte mir die Tür und fragte, ob ich Lust hätte, Artist zu werden und mit ihm aufzutreten. ‚Aber Sie haben doch schon Ihre Zwillinge', sagte ich. ‚Wozu brauchen Sie denn einen dritten?' ‚Ich brauche keinen dritten', erklärte er. ‚Sondern einen zweiten'. Und wißt ihr, was er dann sagte?"

Die Jungens lauschten aufgeregt.

Der Pikkolo fuhr in seinem Bericht fort: „Es klang so komisch, was er dann sagte. Und zugleich klang es so unheimlich! Er sagte nämlich: ‚Jackie wird mir zu schwer!'"

„Zu schwer?" fragte Dienstag.

„Na ja. Jackie wächst. Und je mehr er wächst, um so mehr wiegt er. Und weil er zuviel wiegt, kann sein Vater manche

103

Übungen mit ihm schon gar nicht mehr machen. Und andre Übungen klappen nicht mehr. Oder sie werden zu gefährlich. Wenn Jackie so weiter wächst, kann Mister Byron überhaupt nichts mehr mit ihm anfangen."

Die Jungen standen da und schwiegen.

Der Pikkolo fuhr fort: „Aus diesem Grunde soll ich mit Mister Byron und Mackie fortfahren. Er will mit uns bei Nacht und Nebel ausreißen. Und Jackie soll keine Silbe davon erfahren. So einen Ersatz wie mich fände er sobald nicht wieder, hat Mister Byron gesagt."

Emil griff sich an den Kopf. „Aber um alles in der Welt!" rief er. „Der Mann kann doch nicht einfach einen Sohn von sich irgendwo an der Ostsee sitzen lassen, bloß weil der Junge wächst! Das ist doch heller Wahnsinn! Was soll denn aus dem Jackie werden?"

„Das arme Paulchen!" flüsterte Gustav.

Der Professor ging auf und ab. „Das wäre ja noch schöner. Wir werden das unter gar keinen Umständen dulden. Einfach einen Zwilling versetzen! Und einen dritten engagieren! Das kommt gar nicht in Frage."

„Ein Glück, daß unsre Erwachsenen nach Dänemark gondeln", erklärte Gustav. „Da sind sie uns wenigstens nicht im Wege."

Emil schlug auf den Tisch. „Dieser Muskelpietsch soll sich wundern. Das ist wieder einmal eine Sache für uns!" Er wandte sich an den Pikkolo. „Wann glaubst du, will er durchbrennen?"

„Mister Byron richtet sich völlig nach mir", meinte Hänschen Schmauch. „Ich sei eine nie wiederkehrende Gelegenheit."

Der Professor erklärte: „Wir warten, bis die Erwachsenen fort sind. Dann halten wir sofort einen Kriegsrat ab. Bis dahin — Hans, höre gut zu — bis dahin hältst du den Byron mit Redensarten hin. Verstanden?"

„Wenn ich dich ausbilde, kannst du ein großartiger Artist werden."

Der Pikkolo nickte.

Dienstag sagte: „Dieses Mal setze ich mich aber nicht wieder ans Telephon! Damit ihr's wißt!"

„Diesmal wird überhaupt nicht telephoniert", erklärte Gustav. „Dieses Mal wird nur gehandelt."

Hans Schmauch hängte sich seine nasse Pelerine um. „Ich höre also von euch." Er ging zur Tür. „Parole Emil!" Dann war er verschwunden.

„Parole Emil!" riefen die andern hinterher.

Draußen antwortete nur der heulende Wind.

Plötzlich ging die andere Tür auf. Klotilde Seelenbinder steckte den Kopf ins Zimmer. „Was war denn los?"

„Aber Schlips!" erwiderte der Professor. „Was soll denn los gewesen sein?"

DETEKTIVE UNTER SICH

Am Morgen des übernächsten Tages fuhren die Erwachsenen mit Pony nach Warnemünde, um sich dort nach Dänemark einzuschiffen. Die Frauen, vor allem die schrecklich aufgeregte Klotilde, wollten den Jungens noch rasch tausend hauswirtschaftliche Ratschläge geben. Aber der Justizrat scheuchte sie ins Abteil, gab dem Professor zwanzig Mark und sagte: „Zu Mittag eßt ihr im Gasthof. Was ihr sonst braucht, besorgt ihr bei Kaufmann Warkentien. Außerdem habt ihr ja auch noch eiserne Reserven in Klotildens Speisekammer. Schließt abends das Haus gut ab! Macht keine Dummheiten! Und wenn ihr euch nicht zu helfen wißt, depeschiert nach Kopenhagen. Wir wohnen im Hotel d'Angleterre."

„Telegramme werden nicht nötig sein", behauptete der Professor.

„Um so besser", erwiderte sein Vater. „Fröhliche Entwicklung!" Dann stieg er in den Zug. Die Frauen schauten aus dem Abteilfenster und nickten.

Wenige Minuten später waren Emil, Gustav und der Professor allein. Und ihrer selbständigen Entwicklung stand nichts mehr im Wege.

Sie gingen in die Villa zurück. Es war trübes Wetter, und der Wind hatte kalte Hände. An Baden war nicht zu denken.

Der Professor holte Bleistift und Papier vom Schreibtisch und rückte seine Brille zurecht. „Zunächst", erklärte er, „brau-

chen wir einen Arbeitsplan. Jeden Tag hat einer von uns Tagesdienst. Heute ich; morgen Emil; übermorgen Gustav. Der
Tagesdienst muß die anderen wecken, er muß die nötigen Besorgungen erledigen, Kaffee kochen, das Abendbrot richten,
den Hausschlüssel verwahren und überhaupt alles tun, was
nötig ist."

„Die Zähne putzt sich aber jeder selber?" fragte Gustav und
kicherte albern. Dann wurde er ernst und sagte, er könne keinen Kaffee kochen.

„Du wirst es lernen", meinte Emil.

Anschließend gingen sie zur Speisekammer und machten eine
gründliche Bestandsaufnahme. Sie notierten genau, wieviel Eier,
Büchsenkonserven, Würste, Kartoffeln, Gurken, Äpfel, Brot,
Schmalz, Butter und so weiter vorrätig waren.

„Die Erwachsenen sollen staunen, wie leicht uns die Selbständigkeit fällt", erklärte der Professor. Dann nahm er, weil
er den Tagesdienst hatte, ein Marktnetz und ging zu Warkentien
einkaufen. Emil und Gustav kamen mit.

Sie schauten sich in Warkentiens Laden lange um, und der
Kaufmann empfahl ihnen alles mögliche.

Der Professor blickte seine Freunde verlegen an. Dann sagte
er: „Entschuldigen Sie die Störung, Herr Warkentien. Aber wir
haben, wie ich sehe, schon alles in der Speisekammer." Und dann
zogen sie mit dem leeren Marktnetz wieder heim.

„Das sind Erfahrungen", erklärte der Professor zu Hause,
„die man gemacht haben muß."

„Aha", sagte Gustav, holte sich einen Apfel und biß hinein.

Da nahm der Professor die Bestandsliste und strich einen der
eingetragenen Äpfel durch. „Tadellose Ordnung ist das Non plus
ultra", sagte er.

Gustav murmelte kauend: „Alles halb so wichtig."

Als sie mittags in den Gasthof gehen wollten, meinte Emil: „Das Geld könnten wir eigentlich sparen. Wißt ihr was? Ich koche selber!"

„Was kochst du denn?" erkundigte sich Gustav.

„Ich brate", erklärte Emil und krempelte sich die Hemdsärmel hoch. „Eier sind da. Butter ist da. Schlackwurst ist da. Ich brate Spiegeleier auf Wurst. Damit wir satt werden, essen wir Brot dazu. Und hinterher gibt's Büchsenerdbeeren."

Er band sich eine Schürze von Klotilde vor, legte Butter, Eier, Wurst, Messer und Salz auf den Tisch, stellte die Pfanne auf den Gasbrenner, tat Butter in die Pfanne, legte Wurstscheiben in die zischende Butter, schlug zwei Eier am Pfannenrand auf, goß den Inhalt geschickt aus den Schalen über die Wurst und streute eine Prise Salz über die ganze Geschichte.

Die Freunde verfolgten seine aufreibende Tätigkeit mit Spannung und stiller Bewunderung.

„Das Eigelb ist nicht kaputtgegangen", stellte Emil voller Stolz fest. „Das ist das Schwerste dran."

Mit einemmal guckte der kleine Dienstag durchs offene Küchenfenster. Er kletterte, mit einem Klimmzug, aufs Fensterbrett und ließ sich dort häuslich nieder. Er schaute Emil zu und sagte anerkennend: „Wie 'n richtiger Koch!"

„Alles Übung", antwortete Emil. „Wir haben doch kein Dienstmädchen. Und wenn meine Mutter über Mittag geschäftlich zu tun hat, kümmere ich mich ums Essen."

Dann erzählte Dienstag, daß er in den nächsten Tagen bei dem Professor übernachten dürfe. Die Freunde fanden das großartig.

„Aber", sagte er, „nach Kopenhagen wollten meine alten Herrschaften unter keinen Umständen mitfahren. Sie hätten keine Lust! Als ob das ein Grund wäre, wie?"

„Solche Dickköppe!" rief Gustav ärgerlich.

Dienstag zuckte die Achseln. „Da soll man sich nun selbständig entwickeln!"

Emil drehte die Gasflamme kleiner. „Wir können nicht gleichzeitig essen. Die Portion, die jetzt in der Pfanne ist, kriegt Gustav, weil er am verfressensten ist." Die Jungens lachten. Nur Gustav lachte nicht, sondern sagte: „Ihr Feuertüten!" (Das Schimpfwort hatte er selber erfunden.)

Dann holte der Professor einen Teller und ein Besteck aus dem Geschirrschrank. Emil bugsierte die Spiegeleier auf den Teller und schnitt zwei Scheiben Brot ab.

Gustav setzte sich an den Küchentisch, brockte Brot über die Eier und fingen an zu essen.

Der Professor holte ein Küchenhandtuch. Das banden sie Gustav um den Hals. Er sah wie ein Patient beim Zahnarzt aus.

Emil schlug die zweite Portion Wurst und Eier in die Pfanne.

Der Professor setzte sich auf die Küchenbank und sagte: „So, nun kommt die Hauptsache. Während Emil und ich essen und das Geschirr abwaschen, gehen Gustav und Dienstag ins Strandhotel und setzen sich mit Hans Schmauch in Verbindung. Vor allem müssen wir wissen, ob Mister Byron noch immer mit ihm ausreißen will. Wenn dem so ist, soll der Pikkolo mit Mister Byron alles besprechen. Wann sie fliehen wollen. Und ob mit der Bahn oder dem Dampfer."

„Ich kann ihnen ja mein Motorrad borgen", meinte Gustav ironisch. „Wozu sollen wir den Kerl überhaupt erst halb und halb ausreißen lassen? Das ist mir unbegreiflich! Wir können doch zu ihm hingehen und sagen: ‚Hören Sie, mein Bester, machen Sie keine Wippchen! Bleiben Sie hübsch hier, sonst kriegen Sie's mit uns zu tun!' Das ist doch viel einfacher. Nicht?"

„Nein", erklärte Emil. „Das ist nicht einfacher. Wenn wir ihm so kommen, bleibt er ein paar Tage hier und reißt dann doch noch aus! Wenn auch ohne Pikkolo. Aber Jackie sitzt dann genauso in der Tinte!"

„So ist es", sagte der Professor. „Macht es, wie ich's euch vorgeschlagen habe."

Emil fügte hinzu: „Und sagt Hans Schmauch, er solle als Zeitpunkt der Flucht möglichst den späten Abend vorschlagen!"

„Warum?" fragte Dienstag.

„Weil Jackie dann schläft und von der Flucht seines Vaters überhaupt nichts merkt. Wenn er am nächsten Morgen aufwacht, sind sein Vater und Mackie längst wieder da. Und ihm selber ist die Enttäuschung erspart geblieben."

Gustav stand auf. „Das waren die besten Spiegeleier, die ich je gegessen habe. Hebt mir einen Teller Erdbeeren auf, ihr beiden Dienstmädchen!" Er schubste den kleinen Dienstag vom Fensterbrett in den Garten und sprang hinterher.

Man hörte sie über den Kiesweg rennen. Dann schlug die Gartentür zu.

Emil und der Professor hatten gegessen. Einen Teller mit Erdbeeren hatten sie für Gustav beiseite gestellt. Jetzt standen sie am Abwaschtisch. Emil spülte das Geschirr ab und putzte die Bestecke. Der Professor trocknete alles ab und tat es wieder in den Schrank.

Die Bratpfanne wurde am schwersten sauber. Doch endlich konnte man sich in ihr spiegeln.

Sie wuschen sich die Hände. Emil sagte, während er das Handtuch an den Nagel hängte: „Es scheint mit Vätern seine Schwierigkeiten zu haben. Dem einen Jungen will der Vater durchbrennen. Und der andre Junge soll einen neuen Vater kriegen, obwohl er eigentlich gar keinen haben will."

„Welcher andre Junge?" fragte der Professor. Weil Emil nicht antwortete, blickte er zu ihm hin. Und plötzlich verstand er den Zusammenhang. „Ach so."

„Ich habe noch mit keinem Menschen darüber gesprochen", meinte Emil leise. „Auch mit meiner Mutter nicht. Mit ihr sogar am allerwenigsten."

„Ich erzähle es nicht weiter", sagte der Professor.

Emil hängte die Pfanne von einem Haken an den andern. Er drehte den Wasserhahn fester zu. Er schloß das Fenster. „Ich muß mit jemandem darüber sprechen. Es ist so schwer für mich, weißt du? Auf meinen Vater kann ich mich kaum besinnen. Seitdem sind meine Mutter und ich allein. Und ich bin nie auf den Gedanken gekommen, daß das anders werden könnte. Und ich dachte immer: Wenn ich erst einmal Geld verdiene, wird's schöner werden. Dann machen wir in den Ferien große Reisen. Oder auch kleine. Und wir nehmen uns eine größere Wohnung. Mit echten Möbeln und vielen guten Büchern. Und zweimal in der Woche kommt eine Aufwartefrau. Und die Wäsche geben wir weg. Naja, wie man sich das so ausmalt. Statt dessen kommt da plötzlich ein Mann und will meine Mutter heiraten. Und wer wird nun die größere Wohnung mieten? Er! Und wer wird mit meiner Mutter verreisen? Er! Und wer bestellt nun die Aufwartefrau? Er! Er verdient das Geld. Und ob ich welches verdiene, ist ganz unwichtig. Ich darf sogar studieren, sagt er. Immer ist er da! Und mit einemmal kann man seiner Mutter nicht mehr alles erzählen. Vielleicht interessiert sie's gar nicht mehr, denkt man. Und dann kann man abends nicht einschlafen. Und wenn sie hereinkommt, atmet man tief, als schliefe man doch! Dabei möchte man viel lieber laut heulen! Wie'n ganz kleiner Sextaner." Emil schluckte schwer. Dann nahm er sich mächtig zusammen. „Na, es wird schon gehen. Wenn sie ihn lieb hat, muß sie ihn natürlich heiraten. Es ist vielleicht gar nicht so wichtig, daß das Leben für mich nun nicht mehr so schön ist."

„Schon möglich", meinte der andere. „Aber hat sie ihn denn lieb?"

112

„Erlaube mal. Warum sollte sie ihn denn sonst heiraten? Bestimmt hat sie ihn lieb. Er ist ja auch ein netter Mann. Er und ich, wir verstehen uns soweit ganz gut." Er blickte seinen Freund an. „Was hältst du von der Sache?"

Der Professor sagte: „Ich glaube, du bist zu egoistisch. Findest du nicht? Deine Mutter ist doch nicht nur deine Mutter. Sondern auch eine Frau. Seit dein Vater tot ist, hat sie das deinetwegen vergessen. Weil du klein warst. Aber nun bist du groß genug. Und da denkt sie seit langem wieder einmal an sich selber. Das ist ihr gutes Recht."

„Das sage ich mir ja jeden Tag hundertmal. Aber es macht mich traurig, weißt du? Und es ist furchtbar schade."

„Es ist vieles furchtbar schade im Leben", meinte der Professor. „Das werden wir beide nicht ändern. Aber es ist immer noch besser, es ist für dich schade als für deine Mutter."

„Selbstverständlich", sagte Emil. „Aber ich glaube, ich habe zwei Menschen in mir drin. Der eine sieht alles ein und nickt mit dem Kopfe. Und der andre hält sich die Augen zu und weint ganz leise. Kennst du das?"

„Ich habe davon gelesen", erklärte der Professor. „Aber selber bin ich nicht so. Was ich eingesehen habe, tut mir nicht mehr leid."

„Dann bist du zu beneiden!" meinte Emil nachdenklich. „Ich war jedenfalls sehr froh, als deine Einladung kam! Denn ich kann mich so schwer verstellen. Und vielleicht hätte sie etwas gemerkt. Stell dir das vor! Sie hätte sofort erklärt, daß sie ihn nicht nimmt. Denn das hat sie ihm ja gleich gesagt: ‚Ich heirate nur, wenn mein Junge damit einverstanden ist!' Und da mußte er mich erst fragen."

„Kolossal anständig von der Frau!" meinte der Professor anerkennend.

„Na Mensch", sagte Emil. „Meine Mutter!"

Später zogen sie ihre Mäntel an und gingen den beiden Freunden entgegen. Sie trafen einander im Erlenbruch.

„Die Sache kommt morgen abend zum Klappen", berichtete Gustav. „Morgen hat nämlich der Pikkolo seinen freien Tag. Und abends will der feine Herr mit seinem Zwilling junior und unserem Hans Schmauch türmen. Schmauch will von uns wissen, was er tun soll. Mister Byron, diese Feuertüte, will jedenfalls mit dem letzten Dampfer abhauen. Weil Jackie dann schon schläft. Von Warnemünde will er mit dem Zug nach Polen weiter. Dort hat er Verwandte, und dort will er, bevor er ein neues Engagement annimmt, mit dem neuen Zwilling trainieren."

Dienstag sagte: „Ich habe einen ganz einfachen Plan. Wir bauen uns an der Dampferhaltestelle auf. Und wenn er anrückt, schicken wir ihn wieder ins Bett."

Der Professor schüttelte den Kopf. „Der Plan ist zu einfach. So etwas kann vorkommen. Wir müssen den Burschen unterwegs abfangen. Wenn er sich nicht mehr herausreden kann. Er muß schon ein Stück gefahren sein. Sonst lacht er uns aus. Er muß Angst haben, wir könnten die Hafenpolizei alarmieren."

Sie setzten sich auf eine vom Verschönerungsverein gestiftete Bank und berieten eine halbe Stunde lang. Dann war der Plan fix und fertig.

Und zwar war der Plan so: Der Pikkolo sollte Mister Byron klarmachen, daß er nicht gut mit ihm und einem Zwilling in Korlsbüttel an Bord gehen könne. Er, Hans Schmauch, wolle erst an der nächsten Station auf den Dampfer kommen. Also in Heidekrug.

„Und wie kommt der Pikkolo nach Heidekrug?" fragte Gustav.

„Fragen stellst du!" rief Emil. „Natürlich mit dir und deinem Motorrad!"

„Aha", sagte Gustav.

„Die Detektive hingegen", erklärte der Professor, „besteigen den Dampfer nicht in Heidekrug, wie Hans Schmauch, und nicht in Korlsbüttel, wie Mister Byron und Mackie, sondern noch früher. In Graal. Wir gehen in die Kajüte und können in Korlsbüttel beobachten, ob der alte Byron auch bestimmt an Bord kommt. In Heidekrug steigt der Pikkolo hinzu. Und kurz vor Warnemünde klettern wir an Deck und sagen: ‚Sehr verehrter Herr Pachulke, wo haben Sie denn Ihren Sohn Paul? Und wieso reist denn statt seiner ein Pikkolo mit Ihnen? Wenn Sie nicht wollen, daß wir Sie in Warnemünde der Polizei übergeben, und zwar wegen Sohnesaussetzung und Kindesraub, dann seien Sie doch so liebenswürdig und kommen Sie schnell wieder mit uns nach Korlsbüttel zurück. Mit dem Zug oder mit dem Taxi auf Ihre werte Rechnung. Uns liegt außerordentlich daran, daß Jackie von alledem nichts erfährt.‘ Na, glaubt ihr etwa, er wird sich sträuben?"

„Er muß nach Korlsbüttel zurück", rief Dienstag vergnügt. „Ihm bleibt gar keine andre Wahl."

„Alles ganz schön und gut", gab Gustav zu. „Aber wie kommen die Detektive nach Graal?"

Sie blickten ihn vorwurfsvoll an.

„Aha", sagte Gustav. „Mit mir und meinem Motorrad."

„Jawohl", meinte Emil. „Du mußt die Strecke so lange hin und her gondeln, bis alle Detektive in Graal sind. Und dann fährst du von Graal aus ganz allein über Korlsbüttel und Heidekrug bis nach Warnemünde und kundschaftest die nächste Hafenpolizei aus. Falls Mister Byron doch Schwierigkeiten machen sollte. Wenn wir mit dem Dampfer ankommen, bist du schon da und erwartest uns mit unserm Gefangenen. Ist dir das klar?"

„Mir schon", erwiderte Gustav. „Aber meinem Motorrad noch nicht."

8*

EIN ABENTEUER ZU WASSER UND ZU LANDE

Der nächste Tag war ein Dienstag. Als Emil, der den Tagesdienst hatte, frühzeitig die Haustür öffnete, um Milch und Brötchen hereinzuholen, blieb er wie angewurzelt stehen. Draußen, mitten im Gras, saß Hans Schmauch, der Pikkolo, und wünschte lachend guten Morgen. „Ich habe doch heute meinen freien Tag. Den muß man ausnutzen. "

„Warum hast du denn nicht geklingelt?"

„Bloß nicht! Als Hotelangestellter weiß man, wie ekelhaft es ist, aus dem Bett geklingelt zu werden. Und hier im Gras war es sehr schön und friedlich. Das Barometer steigt."

Sie gingen in die Küche und kochten Kaffee. Währenddem setzte Emil dem andern den Plan auseinander, den die Detektive am Abend vorher geschmiedet hatten, und sagte, als er damit fertig war: „Ich wiederhole noch einmal die Hauptpunkte. Wir Detektive steigen schon in Graal auf den Dampfer. Byron und Mackie hier in Korlsbüttel. Du erst in Heidekrug. Und Gustav steht mit dem Motorrad in Warnemünde an der Anlegestelle. Wenn sich Byron sträubt, holt Gustav die Polizei. Wir andern halten den Artisten solange fest."

Hans Schmauch fand den Plan ausgezeichnet. Sie deckten den Frühstückstisch und weckten die Freunde. Den kleinen Dienstag nannten sie, weil er in Ponys Bett geschlafen hatte, in einem fort ‚gnädiges Fräulein'.

Der Pikkolo klemmte sich eine Serviette unter den Arm und bediente sie mustergültig.

„Schon wie'n richtiger Ober", bemerkte Gustav anerkennend.
„Bitte, noch ein Glas Milch, Kellner."

„Sofort, mein Herr", sagte Hans Schmauch. Er sauste in die
Küche, brachte ein Glas Milch, das er auf einem Tablett kunst-
voll balancierte, setzte es vor Gustav hin und fragte: „Werden
der Herr längere Zeit hierbleiben? Das Wetter verspricht schön
zu werden. Und unser Hotel ist ein erstklassig geführtes Haus.
Sie werden sich bei uns bestimmt wohl fühlen."

„Tut mir leid", meinte Gustav. „Ich muß sofort wieder nach
Berlin zurück. Ich habe nämlich meine Frau und meine Kinder
gestern in den Kleiderschrank gesperrt und versehentlich den
Schlüssel mitgenommen."

„Schade", sagte Hans Schmauch. „Sonst hätten Sie am Freitag in unserm Kino den Film ‚Emil und die Detektive' sehen
können."

„Was?" schrien die Jungens und sprangen auf.

Der Pikkolo holte ein Zeitungsblatt aus der Tasche und
klemmte es an einem Bilderrahmen fest. Auf der Inseratenseite
war eine große Anzeige, und diese hatte folgenden Wortlaut:

Emil und die Detektive

Ein Film mit zweihundert Kindern
Ein Film nach einer wahren Begebenheit
Ein spannender Film aus dem Alltag
Ein Film, der im Berlin von Heute spielt
Ein Film für Kinder zwischen 8 und 80 Jahren

Ab Freitag in den Leuchtturm-Lichtspielen

Sie lasen die Anzeige immer und immer wieder. Gustav stolzierte auf und ab und rief: „Hereinspaziert, meine Herrschaften! Hier sehen Sie die bedeutendsten Knaben der Gegenwart! Treten Sie herein! Sie werden sich in der ersten Hälfte krank und in der zweiten Hälfte wieder gesund lachen!"

Der Professor meinte: „Ich habe Lampenfieber. Obwohl es nur ein Film ist. Und obwohl wir selber gar nicht mitgefilmt haben."

„Es wird ja kein Mensch wissen, daß wir unter den Zuschauern sitzen", tröstete Emil. „Oder, Hans, hast du etwa geklatscht?"

„Keine Silbe!" versicherte der Pikkolo. „Ihr seid völlig inkognito."

„Dein Glück!" sagte Gustav. „Wir haben nämlich keine Lust, wie die Pfingstochsen angegafft zu werden."

„Bloß nicht!" rief Dienstag. „Wir sind Jungens und keine Filmfatzken!"

Plötzlich schlug sich Hans Schmauch mit der Hand vor die Stirn. „So etwas von Vergeßlichkeit! Ich wollte euch doch zum Segeln abholen! Deswegen bin ich ja so früh aufgestanden. Wißt ihr was? Wir machen eine richtige große Segelpartie mit Picknick und allen Schikanen. Nachmittags sind wir wieder zurück."

„Ich bleibe hier", erklärte Emil. „Ich habe Tagesdienst."

„So was Blödes", meinte Gustav. „Die Villa trägt keiner fort. Komm mit, du Feuertüte!"

„Wir haben reichlich Platz im Boot", sagte der Pikkolo. „Eine Kajüte ist auch da."

Emil blieb bei seinem Entschluß.

„Ich kann übrigens auch nicht mitkommen", erklärte Dienstag. „Ich muß mit meinen Eltern zu Mittag essen. Sonst qualmt's. Wenn ich nicht zum Essen komme, verbieten sie mir todsicher, nachts hier zu schlafen. Und dann könnte ich die Jagd auf Mister Byron nicht mitmachen. Ich war schon einmal nicht dabei. Damals, als ich am Telephon bleiben mußte. Diesmal muß ich dabei sein. Sonst geht die Welt unter."

Gustav sagte: „Na schön, dann segeln eben nur drei der Herren. Ich bediene den Motor, wenn wir ihn brauchen. Vom Segeln habe ich allerdings keinen Schimmer."

„Aber ich!" erwiderte Hans Schmauch. „Ihr braucht nur zu tun, was ich anordne."

Dann rannten sie in die Küche. Und der Professor gab Fourage aus. Fürs Picknick. Sie packten alles in einen alten Marktkorb: Äpfel, Konserven, Wurst, Brot, Butter, Messer, Gabeln, Teller und Servietten.

Emil, der Tagesdienst, notierte alles genau auf der Bestandsliste.

Gustav übernahm den gefüllten Marktkorb. „Das Zeug trage ich. Mit Eßwaren muß man sorgfältig umgehen."

„Is ja alles halb so wichtig", sagte Emil und lachte.

„Für Eßwaren gilt diese Redensart nicht", meinte Gustav ernst. „Ehre, wem Ehre gebührt."

Dann gingen sie zum Hafen.

„Seid pünktlich zurück!" rief Emil, als der Motor zu tacken begann. „Wir haben heute noch viel vor."

„Ahoi!" brüllte Gustav. Er setzte sich neben die Ruderpinne.

„Er frißt schon wieder einen Apfel", sagte Dienstag zu Emil. Dann rief auch er: „Ahoi!"

Die Jolle schob sich aus dem Hafen hinaus. Hans Schmauch stand am Mast und heißte das Großsegel vor.

Der Professor setzte seine Baskenmütze auf und winkte zurück. Das Boot glitt am Brückenkopf vorüber. Ins offene Meer hinaus. Es wehte ein leichter Wind.

„Jetzt haben sie den Motor abgestellt", sagte Dienstag.

Emil nickte, hielt die Hand über die Augen und blickte hinter den Freunden her.

Hans Schmauch setzte **das** Focksegel. Das Boot glitt nach Nordwesten.

Um die gleiche Zeit saßen unsere Dänemark-Touristen in Kopenhagen auf der Terrasse eines Restaurants, das ,Frascati' hieß. Sie frühstückten und freuten sich über das wunderschöne Glockenspiel des Rathausturms. Außerdem bestaunten sie den Appetit ihrer Nachbarn.

„Je kleiner das Land, um so größer der Appetit seiner Bewohner", erklärte Justizrat Haberland.

Emils Großmutter betrachtete das dänische Ehepaar, das am Nebentisch saß, und sagte: „Es ist ein Wunder. Wenn man bedenkt, was die beiden Leute gefuttert haben, seit wir hier sitzen, so müßten sie eigentlich längst zerplatzt sein."

Das dänische Ehepaar ließ sich nicht stören. Der Kellner servierte gerade den nächsten Gang.

„Hier müssen ja die Köchinnen zu tun haben", vermutete Fräulein Klotilde Seelenbinder. „Da hab' ich's bei Ihnen besser, gnädige Frau."

Frau Haberland lächelte dem alten Mädchen zu. „Fein, daß wir beide so zufrieden miteinander sind."

Klotilde wurde rot und schwieg. Denn sie betete Frau Haberland an.

Pony Hütchen hockte über einem Notizbuch, das sie vorsorglich mitgenommen hatte, und trug ein, was sie auf der Reise seit ihrer Ankunft in Kopenhagen erlebt hatte. Es waren natürlich nur Stichwörter. ,Gedser' stand da. Und ,Feuerschiff'. Vivel, prima Abendbrot. Tivoli, ein riesiger Rummelplatz. Amalienborg. Christiansborg. Alte Börse, prachtvolle Giebelreihe. Ausländische Kriegsschiffe, sogar japanische. Lange Linie, Strandbummel am Hafen. Thorwaldsenmuseum.

„Wie mag es jetzt den Jungen gehen?" fragte Klotilde.

Der Justizrat sagte: „Die sind froh, daß sie uns los sind."

Klotilde Schlips wollte es nicht glauben.

Aber der Justizrat erklärte: „Das weiß ich nun besser, meine Liebe. Ich war ja selber einmal so'n Flegel."

Pony blickte ihn ungläubig an.

Er lachte. „Doch, doch, Pony!" meinte er. „Es ist zwar schon lange her. Aber manchmal ist mir zumute, als sei's gestern gewesen." Dann rief er den Kellner, zahlte und trieb zum Aufbruch.

Auf der Westerbroegade stiegen sie in einen Überland-Autobus und fuhren gemeinsam mit reisenden Engländern, Dänen und Franzosen durch die Insel Seeland. Die Straße führte nordwärts. Immer an sauberen Häusern und Gärten vorbei. Und überall blühten rote Kletterrosen. Ein Ort, der besonders hübsch war, hieß Klampenborg. Pony schrieb den Namen rasch in ihr Notizbuch.

Manchmal sahen sie zur Rechten das Meer. Es war aber kein Meer, sondern eine Meerenge, die der Sund heißt. Überseedampfer fuhren auf dem Sund. Mit Musikkapellen.

Und mit einemmal entdeckte Pony auf der andern Seite des Sundes Land. Sie kam sich vor wie Columbus, zupfte den Justizrat aufgeregt am Ärmel und fragte: „Was ist das dort drüben?"

„Das ist Schweden", sagte Justizrat Haberland.

„Aha", meinte Pony. Und dann zückte sie ihr Notizbuch und trug ein: Schwedische Küste gesehen. Justizrat H. ein furchtbar netter Mann.

Das Segelboot ‚Kunigunde IV' war seit vielen Stunden auf dem Wasser. Noch immer wehte eine leichte Brise. Der Pikkolo hatte dem Professor und Gustav gezeigt, wie man die Segel fiert. Sie hockten auf der Luvseite und gondelten vergnügt durch die

Ostsee. Das Picknick hatten sie schon intus. Es war alles in schönster Ordnung. Die Sonne schien freigebig. Der Wind streichelte die braungebrannten Gesichter, als meine er's gut mit der Jugend.

Gustav legte sich in der kleinen Kajüte auf eins der Ruhebetten und träumte, er rase mit seinem Motorrad übers Wasser.

Der Professor saß neben dem Pikkolo, der die Ruderpinne bediente, und schaute ins Meer. Manchmal sah er eine bunt schillernde Qualle vorbeischwimmen. Manchmal einen Fisch.

Plötzlich rief Hans Schmauch: „Was ist denn das?" und zeigte geradeaus.

Vor ihnen lag eine Insel. Sie hielten auf sie zu.

Der Pikkolo meinte: „Das müssen wir uns aus der Nähe betrachten!"

Der Professor sagte: „Es scheint sich um einen Sandhaufen zu handeln. Mit etwas Gras drauf."

Sie waren schon ganz nahe.

„Eine Palme!" rief Hans Schmauch. „Mitten in der Ostsee eine Palme! Man sollte es nicht für möglich halten."

„Sie sieht aus, als hätte sie die Grippe", stellte der Professor sachlich fest.

„Es ist eine Fächerpalme."

Und dann gab es plötzlich einen Ruck!

Hans Schmauch und der Professor fielen von ihren Sitzen.

Gustav richtete sich jäh auf und stieß mit dem Kopf an die Kajütendecke. Er fluchte. Dann kroch er aus der Kajüte heraus und fragte: „Gehen wir vielleicht zufällig unter?"

„Nein", sagte Schmauch. „Wir sind gestrandet."

Gustav betrachtete sich die Gegend. „Ihr seid ja Feuertüten! An diesem Sandhaufen konntet ihr wohl nicht vorbeisteuern, was? Wenn's wenigstens noch die Insel Rügen wäre!" Er kletterte aus dem Boot. „Aber mitten in der Ostsee, ausgerechnet auf dieser Wochenend-Parzelle aufzulaufen, das ist ja ein tolles Ding!"

„Ich wollte mir bloß die Palme ansehen", sagte Schmauch ziemlich niedergeschlagen.

„Sieh sie dir nur gründlich an!" rief Gustav. Er trat an die seltsame Pflanze heran. „Eine Rarität, Herr Naturforscher! Eine Palme mit Topf. Das wäre etwas für Emil, unsern Botaniker!"

Der Professor sah auf die Uhr. „Trödelt euch aus! Wir müssen nach Korlsbüttel zurück."

Sie stemmten sich also mit vereinten Kräften gegen das Boot und wollten es ins Meer zurückschieben. Sie arbeiteten, bis sie blaurote Köpfe bekamen. Aber das Boot wollte nicht. Es rührte sich nicht von der Stelle. Nicht einen Zentimeter!

Gustav zog Schuhe und Strümpfe aus und stieg ins Wasser. „Los!" kommandierte er. „Alle Mann, hau ruck! Hau ruck!" Plötzlich rutschte er auf dem schmierigen Gras und Moos, das unter Wasser wuchs, aus und verschwand für längere Zeit unter dem Meeresspiegel.

Als er wieder auftauchte, spuckte er zunächst einmal einen Liter Salzwasser aus. Dann rief er wütend: „So eine Schweinerei!" Dann zog er den pitschnassen Trainingsanzug aus und hängte ihn ärgerlich zum Trocknen auf den Palmenstrunk.

„Siehst du", sagte der Professor. „Nun ist die Topfpflanze doch noch zu etwas nütze."

Sie machten sich wieder über das Boot her und arbeiteten eine halbe Stunde wie die Möbelräumer, wenn sie Klaviere aufheben.

Aber das Segelboot war kein Klavier. Es blieb unveränderlich liegen, wo es lag.

„So ein Biest", murmelte der kleine Schmauch. „Los, Leute! Hau ruck! Hau ruck!"

Umsonst! Alle Liebesmühe war vergeblich. Sie setzten sich müde in den Sand und verschnauften. „Das kann ja heiter werden", sagte Gustav. „Was machen wir bloß, wenn wir unsern Dampfer nicht flottkriegen?"

Schmauch legte sich hintenüber und schloß die Augen. „Wir holen die Segel ein und werden ein kleines Inselvolk. Ein Glück, daß wir Konserven mitgenommen haben."

Gustav erhob sich und prüfte, ob sein Anzug schon trockner geworden war. Er wrang ihn aus und sagte: „Nun steht ja unsrer selbständigen Entwicklung überhaupt nichts mehr im Wege. Nicht mal 'n Telephon oder 'n Briefkasten ist hier. Die reinsten Robinsöne!"

Der Professor schlug mit der Faust in den Sand. „Wir müssen zurück!" rief er. „Wir müssen! Sonst rückt uns Mister Byron aus!"

Gustav blickte sich um. Es gab nichts als Meer und Wolken. Er lachte böse: „Wir können ja zu Fuß gehen, Professor!"

PASSKONTROLLE

Es war gegen Abend. Die Dämmerung war nicht mehr weit. Die Sonne ging hinter einer Wolke unter und überschwemmte die anderen Wolken und die See mit unendlich viel Rosa.

Emil und der kleine Dienstag standen seit über einer Stunde auf der Korlsbüttler Brücke und warteten geduldig auf ihre Freunde. Emil hatte für sie Stullen zurechtgemacht. Dienstag trug das Paket. Er war kolossal munter und freute sich wie ein Schneekönig auf die kommenden Ereignisse.

Segelboote in allen Größen bogen in den Hafen ein. Doch das Boot, auf das sie warteten, kam und kam nicht.

„Das sind sie!" rief Dienstag und zeigte auf ein Boot, das sich der Brücke näherte.

Aber sie waren es nicht.

Emil sagte: „Verstehst du das? Hoffentlich ist ihnen nichts passiert."

„Was soll ihnen denn passiert sein? Es war doch kein Sturm und überhaupt nichts. Sie werden zu weit hinausgesegelt sein. Und die Heimfahrt dauert länger, als sie gedacht haben."

Emil brüllte einem heimkehrenden Boot entgegen: „Haben Sie draußen ‚Kunigunde IV' gesehen?"

Der Mann am Steuer rief: „Nee, wir sind unterwegs überhaupt keinem Mädchen begegnet!" Die andern im Boot lachten laut.

„So ein Dussel", meinte Dienstag.

Und Emil sagte: „Wir warten noch eine halbe Stunde. Wenn sie dann noch nicht hier sind, müssen wir zu Fuß nach Graal pilgern, statt auf Gustavs Motorrad."

Sie warteten.

Dann holte Emil einen Zettel aus der Tasche und schrieb: „Wir sind ohne euch nach Graal. Beeilt euch gefälligst und seid rechtzeitig in Heidekrug und Warnemünde!"

„Moment, Kleiner", sagte er anschließend und rannte zum Hafen hinunter. An der Anlegestelle von ‚Kunigunde IV' befestigte er den Zettel so, daß man ihn beim Landen sofort sehen mußte. Er pickte ihn mit einer Stecknadel an einen Pfahl. (Stecknadeln hatte er seit seinem Erlebnis mit Herrn Grundeis immer bei sich.)

Er rannte zum kleinen Dienstag zurück. „Immer noch nichts?"

„Immer noch nichts."

„Solche Vagabunden", sagte Emil. „Na, das kann nun alles nichts helfen. Da wollen wir mal die Beine unter die Arme nehmen!"

Und so trabten sie nach Graal hinüber. Manchmal im Dauerlauf. Manchmal im Marschtritt. Dienstag trug das Stullenpaket.

Im Walde war es dumpf und diesig. Sümpfe lagen nahebei. Und die Stechmücken fraßen die zwei eiligen Wanderburschen beinahe auf. Kröten hüpften über den Weg. Und in der Ferne rief ein Kuckuck.

Nach etwa einer Stunde kamen sie auf eine Wiese, auf der schwarz und weiß gefleckte Kühe weideten. Eine der Kühe, es konnte aber auch ein Ochse sein, galoppierte gesenkten Kopfes auf sie los. Sie rannten, was sie konnten. Endlich erreichten sie einen Zaun, kletterten hinüber und standen auf einem Strandweg. Die Kuh, oder der Ochse, blickte sie ernst an, drehte sich um und trollte sich zu der Herde zurück.

„So ein Rindvieh", sagte der kleine Dienstag. „Einen so ab-
zuhetzen! Und die Stullen hätte ich auch beinahe verloren."

Um dieselbe Zeit blickte, auf einer Insel draußen im Meer,
der Professor auf die Uhr. „Jetzt fährt der Dampfer in Graal
ab", sagte er. „Es ist zum Verrücktwerden."

Hans Schmauch, der neben der Palme hockte, hatte Tränen
in den Augen. „Ich bin an allem schuld. Könnt ihr mir ver-
zeihen?"

„Quatsch keine Opern", meinte Gustav. „Meine Herren, im
Leid zeigt sich erst die wahre Größe! Außerdem wird Emil diesen Mister Pachulke auch ohne unsere gütige Mitwirkung zur
Strecke bringen. Emil und Dienstag sind ja nicht auf den Kopf
gefallen."

Der Professor sagte: „Sie können die Jagd ohne uns nicht
durchführen. Emil und Dienstag, das sind viel zu wenig Detektive! Dazu kommt, daß sie natürlich noch immer in Korlsbüttel
am Hafen stehen und auf uns warten. Vielleicht alarmieren sie
gerade jetzt die Hafenpolizei, weil unser Boot noch nicht zurück ist."

Gustav war anderer Meinung. „Wozu soll Emil die Polizei
alarmieren? Was kann uns hier schon geschehen? Wir schlafen
in der Kajüte. Zu essen haben wir auch genug. Na, und morgen
wird schon irgendwann ein Fischerboot oder ein Dampfer an
dieser blödsinnigen Insel vorbeikommen."

„Du redest, wie du's verstehst", entgegnete der Professor.
„Woher soll denn Emil wissen, daß wir auf dieser Insel sitzen?
Das kann er doch nicht riechen!"

Gustav war völlig verblüfft. „Richtig! Natürlich weiß er das
nicht. Entschuldigt, bitte. Ich bin manchmal entsetzlich däm-
lich."

Der Pikkolo sagte traurig: „Emil denkt sicher, daß wir gekentert sind. Und daß wir uns nur noch mühsam am Bootskiel anklammern. Und daß wir am Ersaufen sind." Er putzte sich gerührt die Nase. „Und morgen früh kommt mein Onkel aus Schweden zurück."

„Mensch, gibt das Ohrfeigen!" meinte Gustav nachdenklich. „Vielleicht sollten wir lieber für den Rest unseres Lebens auf der Insel bleiben? Wie? Vom Fischfang könnten wir uns leidlich ernähren. Glaubt ihr nicht? Aus den Segeln könnten wir ein Nomadenzelt bauen. Und vielleicht gibt's auf diesem idiotischen Archipel Feuersteine. Dann angeln wir Treibholz, trocknen es, zünden es an und braten Fische. Früh, mittags und abends. Was haltet ihr von meinem Vorschlag?"

„Er ist deiner würdig", sagte der Professor ironisch. „Vielleicht wachsen eines Tages auf der Palme Kokosnüsse. In den Nußschalen braten wir Möweneier. Und die Kokosmilch gießen wir in den Frühstückskaffee."

„Haben wir denn Kaffee?" fragte Gustav erstaunt.

„Nein, aber du hast einen Klaps!" rief der Professor. „Hans, wie lange reicht das Trinkwasser?"

„Wenn wir sparsam sind, ungefähr einen Tag", antwortete der Pikkolo.

„Wir werden noch sparsamer sein!" erklärte der Professor streng. „Es muß zwei Tage reichen. Hoffentlich regnet's morgen. Dann stellen wir leere Konservenbüchsen auf und sammeln Regenwasser."

„Großartig!" rief Gustav. „Professor, du bist immer noch der alte Stratege."

„Und die Eßvorräte schließ' ich ein", sagte der Professor. „Ich übernehme die Verteilung."

Gustav hielt sich die Ohren zu. „Bitte, redet nicht immer vom Essen", bat er. „Sonst kriege ich sofort Hunger."

Woher sollte Emil wissen, daß sie auf dieser Insel saßen?

Der Professor trat ans Ufer und blickte übers Meer.

Gustav stieß den Pikkolo in die Rippen und fragte leise: „Weißt du, wie er dasteht?"

„Nein."

„Wie Napoleon auf Sankt Helena", flüsterte Gustav und kicherte.

Als der Dampfer in Korlsbüttel anlegte, blickten Emil und Dienstag angespannt durch das Kajütenfenster. Dienstag preßte die Nase gegen die Scheibe. „Und wenn der Byron nun nicht einsteigt?"

„Dann sausen wir, bevor sie die Seile loswinden, hinauf und springen an Land", erklärte Emil. „Aber dort kommt er schon!"

Mister Byron und Mackie, der kleinere Zwilling, betraten das Schiff. Sie hatten mehrere große Koffer bei sich. Endlich war alles verstaut. Der Mann trat an die Reling. Mackie setzte sich auf eine Bank. Der Brückenwärter schlang die Seile los und warf sie einem der Matrosen zu. Der Motor stampfte. Das Schiff setzte sich wieder in Bewegung.

Die beiden Jungen blickten nach dem Strand hinüber. Die erleuchteten Fenster der Korlsbüttler Häuser wurden kleiner und kleiner. Das Wasser klatschte an die Bullaugen.

„Es riecht so nach Öl", flüsterte Dienstag. „Mir wird mulmig."

Emil öffnete das Fenster. Kalte Nachtluft strömte herein. Salzwasser spritzte ihnen ins Gesicht. Dienstag steckte den Kopf aus dem Fenster und holte tief Atem. Dann setzte er sich auf die Bank, lächelte Emil zu und sagte: „Wenn das meine Eltern wüßten!"

Emil dachte einen Augenblick lang an seine Mutter in Neustadt und an seine Großmutter in Kopenhagen. Dann nahm er sich zusammen. Er klopfte Dienstag aufs Knie. „Es wird schon alles gut gehen. Paß auf, Kleiner, in Heidekrug kommt der Pikkolo an Bord. Dann wissen wir, daß auch die andern auf dem Posten sind. Und alles übrige ist eine Kleinigkeit."

Emil hatte sich geirrt. Hans Schmauch kam in Heidekrug nicht an Bord!

Darüber wunderten sich nicht nur Emil und Dienstag. Noch mehr wunderte sich Mister Byron. Er setzte sich neben Mackie, den einen Zwilling, und kratzte sich am Kopf. Drüben am Ufer glitt die dunkle Rostocker Heide vorüber.

Emil stand auf. Dienstag rutschte erschrocken von der Bank. „Was ist das?" flüsterte er.

„Es ist soweit", sagte Emil. „Die andern sind nicht gekommen. Wir müssen die Angelegenheit allein regeln. Komm!" Sie kletterten die Treppe hinauf und wanderten suchend über Deck.

Hinter dem qualmenden Schornstein saßen, von Koffern umgeben, ein Mann und ein Junge.

Emil trat hinzu. Dienstag hielt sich dicht hinter ihm. Er schleppte noch immer das Stullenpaket, das sie den Freunden hatten mitbringen wollen.

Emil sagte: „Mister Byron, ich muß Sie sprechen!"

Der Mann blickte erstaunt auf: „Was gibt's?"

„Ich komme im Auftrag meiner Freunde", sagte Emil. „Wir wissen, daß Sie den Pikkolo Hans Schmauch in Heidekrug erwartet haben und mit ihm fliehen wollten."

Mister Byron bekam böse Augen. „Deswegen ist der Kerl nicht gekommen? Ihr Lausejungen habt es ihm ausgeredet?"

„Mäßigen Sie Ihre Ausdrücke. Ich nenne Sie ja auch nicht, wie ich gern möchte."

„Tu's doch", bat Dienstag.

„Da ist ja noch einer", meinte Byron.

„Guten Abend, Herr Pachulke", sagte der kleine Dienstag. Der Mann lachte ärgerlich.

Emil erklärte: „Wir kommen vor allem Jackies wegen. Schämen Sie sich denn nicht, den armen Jungen bei Nacht und Nebel zu verlassen?"

„Ich kann ihn nicht mehr brauchen!"

Dienstag trat energisch vor. „Und warum? Weil er Ihnen zu schwer ist. Wir wissen alles, mein Herr. Aber ist das ein Grund?"

„Natürlich ist das ein Grund", behauptete der Mann. „Ich konnte mit ihm nicht länger arbeiten. Mein Repertoire hat darunter gelitten. Ich bin ein Künstler. Versteht ihr das? Ich könnte im ‚Colosseum' in London auftreten! Wenn ich doch bloß schon vor zwei Jahren geahnt hätte, daß der Bengel so schnell wachsen würde! Ich könnte mich backpfeifen!"

Emil geriet in Wut. „Tun Sie das nur! Wir werden Sie nicht daran hindern. Ich kann es nicht fassen, daß ein Mensch so roh sein kann. Was soll denn aus Jackie werden, wie?"

„Soll er vielleicht betteln gehen?" erkundigte sich Dienstag. „Oder soll er in die Ostsee springen? Oder Fürsorgezögling werden? Wir erlauben es nicht!"

„Meine Freunde und ich", sagte Emil, „haben einstimmig beschlossen, daß Sie mit uns nach Korlsbüttel zurückkehren."

„So, so!" Mister Byron rollte die Augäpfel. „Steckt eure Nasen lieber in eure Schulbücher, ihr Grünschnäbel!"

Dienstag erwiderte: „Wir haben doch Ferien, Herr Pachulke!"

„Wir dulden unter gar keinen Umständen", bemerkte Emil, „daß Sie einen ihrer Zwillinge ins Unglück stürzen, nur weil er nicht klein bleibt, sondern wächst. Ich ersuche Sie, mit uns zurückzukehren. Wir sind in wenigen Minuten in Warnemünde. Dort erwarten uns unsre Freunde. Und wenn Sie weiterreisen wollen, übergeben wir Sie der Polizei."

Der Hinweis auf die Polizei schien Mister Byron nicht zu gefallen.

„Also?" fragte Emil nach einer Weile. „Wollen Sie Ihren

väterlichen Pflichten nachkommen? Oder sollen wir Sie festnehmen lassen?"

Der Mann sah plötzlich sehr erleichtert aus. „Väterliche Pflichten?" fragte er.

„Jawohl, Herr Pachulke!" rief Dienstag entrüstet. „Das ist wohl ein Fremdwort für Sie?"

Mister Byron lächelte finster. „Deswegen nennt mich der alberne Knirps dauernd Pachulke? Ich heiße ja gar nicht Pachulke!"

Die zwei Jungen staunten. „Wie heißen Sie denn?"

„Anders", antwortete er.

„Na ja. Aber wie denn sonst?"

„Anders", erklärte der Mann. „Ich heiße Anders."

„Nennen Sie doch schon Ihren richtigen Namen!" rief Emil. „Daß sie anders heißen, haben Sie uns schon ein paarmal mitgeteilt."

Mackie, der bis jetzt geschwiegen hatte, sagte: „Er heißt nicht anders, sondern Anders. Er heißt Anders, wie andre Müller oder Lehmann heißen. Er heißt Herr Anders."

„Ach so!" rief Emil.

„Haben Sie einen Personalausweis bei sich?" fragte Dienstag.

„Meinen Paß", bemerkte Mister Anders.

Dienstag fragte höflich: „Darf ich den Paß einmal sehen?" Und weil der Artist sich sträubte, fügte Dienstag hinzu: „Sie können ihn ja auch bei der Polizei zeigen, wenn Ihnen das lieber ist."

Der Mann zog seinen Paß aus der Tasche. Dienstag nahm ihn und studierte ihn sachlich wie ein Zollbeamter bei der Grenzkontrolle.

„Stimmt die Personalbeschreibung?" fragte Emil.

Dienstag sagte: „Der Name stimmt. Mister Byron heißt tatsächlich Anders." Dann las er vor: „Beruf — Artist. Gestalt —

auffallend groß und kräftig. Gesicht — gewöhnlich. Haarfarbe — schwarz. Besondere Kennzeichen — Tätowierung am rechten Oberarm." Er gab den Paß zurück. „In Ordnung. Danke schön."

Emil waren sämtliche Felle weggeschwommen. „Sie sind also gar nicht Jackies Vater?"

„Nein", brummte Mister Anders. „Ich bin weder sein Vater noch seine Mutter. Jackie und Mackie sind auch keine Zwillinge. Sie sind nicht einmal Geschwister. Und Mackies Vater bin ich auch nicht. Sondern Mackie heißt in Wirklichkeit —"

„Josef Kortejohann", vollendete Mackie. „Der Name Byron und das familiäre Drum und Dran sind Geschäftsrücksichten. Jackie tut mir natürlich auch leid. Das läßt sich ja denken. Aber wir können ihn tatsächlich nicht mehr brauchen. Der Junge hat Pech, daß er wächst."

Schon zuckte der Scheinwerfer vom Warnemünder Leuchtturm über Wellen und Himmel. Und die hellen Fenster der Hotels zwinkerten freundlich.

Emil war noch immer wie vor den Kopf geschlagen. Endlich riß er sich zusammen und sagte: „Ich finde es trotzdem unrecht, den armen Jungen sitzen zu lassen. Ich fühle mich, auch im Namen meiner Freunde, für Jackies Zukunft verantwortlich. Deshalb muß ich Sie bitten, mir Geld für ihn mitzugeben. Wenigstens für die ersten Wochen."

„Ich denke ja gar nicht daran", rief Mister Anders aufgebracht, „wildfremden Jungen Geld zu geben."

Emil holte einen Zettel aus der Tasche. „Sie erhalten selbstverständlich eine Quittung mit unsern Unterschriften."

„Und wenn ich nichts gebe?" fragte der Mann spöttisch.

„Das können Sie sich ja noch überlegen", sagte Emil. „Wenn Sie sich weigern, lassen wir Sie verhaften."

„Aber ich bin doch nicht Jackies Vater!" rief Mister Anders. „Was soll ich denn bei der Polizei?"

„Das erklärt Ihnen dann schon die Polizei", meinte Dienstag sanft. „Die kennt sich in solchen Geschichten besser aus als wir."

Emil setzte sich unter eine Bordlampe. „Ich schreibe schon immer eine Quittung über hundert Mark aus."

„Ihr seid wohl wahnsinnig geworden?" fragte der Mann. „Hundert Mark? Man sollte euch den Kragen umdrehen!"

„Nicht doch!" sagte Dienstag.

Mackie mischte sich ein. „Das ist zuviel. Soviel Geld haben wir nicht übrig."

„Lügst du?" fragte Dienstag.

„Nein", meinte Mackie. „Mein Ehrenwort."

„Dann also fünfzig Mark", erklärte Emil. Er schrieb die Quittung aus und unterschrieb sie. „Komm, Kleiner, unterschreibe auch!"

Dienstag setzte seinen Namen unter die Quittung. Und Emil hielt dem Mann den Zettel hin. Doch Mister Anders tat nichts dergleichen.

Der Dampfer näherte sich der Anlegestelle.

„Wie Sie wollen", sagte Emil ernst.

Der Dampfer hielt und wurde vertäut.

Emil sagte: „Gut, mein Herr. Jetzt hole ich den Kapitän." Er ging auf die Kommandobrücke zu und wollte gerade die Treppe emporklettern.

„Hier!" rief Mister Byron. Er zerrte die Brieftasche wütend aus dem Jackett und hielt Emil einen Geldschein hin.

Emil nahm den Schein. Es waren fünfzig Mark. Er sagte: „Bitte schön, hier ist die Quittung."

Der Mann nahm die Koffer auf. „Behaltet euren Wisch! Und schert euch zum Teufel!" Dann ging er an Land. Mackie folgte ihm. Er drehte sich noch einmal um. „Schönen Gruß an Jackie!" Er tippelte hinter dem Riesen her, der Anders hieß, und verschwand. Emil steckte die Quittung in die Hosentasche.

Kurz darauf standen er und Dienstag im Bahnhofsgebäude. Sie studierten den Fahrplan. Emil zuckte die Achseln. „Es geht kein Zug mehr, Kleiner. Und es geht auch kein Dampfer mehr. Wir müssen trotzdem sofort nach Korlsbüttel zurück. Wir müssen endlich wissen, was aus den anderen geworden ist. Hoffentlich sind sie inzwischen eingetroffen."

Der kleine Dienstag sagte: „Wir wollen also zu Fuß hinüber?"

Emil nickte. „Ich denke, in drei Stunden schaffen wir's."

„Dann also hoppla!" meinte Dienstag müde. „Der Marsch durch die nächtliche Wüste kann beginnen. Ich komme mir schon wie 'n Fremdenlegionär vor."

„Ich komme mir überhaupt nicht mehr vor", erklärte Emil.

Während Gustav, der Professor und ein Pikkolo in einem gestrandeten Segelboot schliefen, während sich Kapitän Schmauch in der Kajüte seines Handelsschiffes, das auf der Ostsee schwamm, einen Glühwein genehmigte, und während Emil und Dienstag auf der finsteren Chaussee nach Markgrafenheide pilgerten, saßen unsre Dänemark-Touristen in ihrem Kopenhagener Hotel, gegenüber der Oper, und aßen vergnügt zu Abend. Die Autobusfahrt durch Seeland, die Besichtigung von Hamlets Grab und von der Festung Helsingör hatte sie hungrig gemacht. Sie aßen, unterhielten sich und lachten.

Nur Frau Haberland, die Mutter des Professors, war noch stiller als gewöhnlich. Sie lächelte auch nicht, wie sie's sonst tat.

„Was hast du denn?" fragte der Justizrat. „Kopfschmerzen?"

„Ich weiß nicht, was es ist. Aber ich habe Angst. Ich habe das Gefühl, als ob in Korlsbüttel nicht alles so wäre, wie es sein sollte."

Der Justizrat legte den Arm um ihre Schultern. „Aber, aber!

Du hast fixe Ideen, meine Liebe. Immer, wenn wir unterwegs sind, glaubst du, dem Jungen fällt in jedem Moment ein Ziegelstein auf den Kopf." Er lachte. „Die Jungens schwärmen für selbständige Entwicklung. Da darf man sie nicht stören. Sonst werden sie bockig. Na, Muttchen, nun sei mal wieder fröhlich!"

Sie lächelte. Aber nur, um ihm einen Gefallen zu tun.

Es war eine Stunde später. Auf der dunklen Chaussee nach Heidekrug überholte ein Molkerei-Fuhrwerk zwei langsam dahinwandernde Knaben.

Der Kutscher bremste. „Wo wollt ihr denn noch hin?"

„Nach Korlsbüttel", rief der größere von beiden. „Könnten Sie uns ein Stück mitnehmen?"

„Setzt euch hinten drauf!" sagte der Kutscher barsch. „Aber schlaft nicht ein! Sonst fallt ihr vom Wagen."

Emil half Dienstag hoch und kletterte neben ihn. Das Fuhrwerk fuhr weiter. Eine Minute später schlief der kleine Dienstag. Emil hielt den Freund fest und blickte, während der andere schlief, in den dunklen Wald hinüber und zu dem Sternenhimmel empor. Er überdachte den Tag. Habe ich etwas falsch gemacht? Was soll jetzt aus Jackie werden? Und wo mögen Gustav und der Professor sein?

Dienstag schlang im Schlaf beide Hände, samt dem Stullenpaket, um Emils Hals. Eine Eule flog lautlos über die Wipfel. Das Pferd scheute. Der Kutscher beruhigte es brummend. Dann drehte er sich um und wollte die Jungen etwas fragen. Als er aber Dienstag in Emils Armen fest schlafen sah, schwieg er und wandte sich wieder seinem Gaul zu.

Emil fühlte sich sehr einsam.

DIE RÜCKKEHR DES KAPITÄNS

Am Mittwoch, zeitig in der Frühe, landete Kapitän Schmauch wieder in Korlsbüttel. Die Hafenarbeiter, welche die Ladung löschen sollten, standen schon am Kai. Der Kapitän erledigte die üblichen Formalitäten mit dem Zollbeamten. Dann ging er an Land. Ihm war kühl, und er spazierte zum Strandhotel hinauf, um einen heißen Kaffee zu trinken.

Kaum war der Kellner verschwunden, erschien der Wirt hastig, begrüßte den Kapitän und fragte: „Haben Sie eine Ahnung, wo Ihr Neffe steckt?"

Der Kapitän lachte sehr: „Immer gut aufgelegt, was? Schikken Sie mir den Bengel einmal her. Ich möchte ihm guten Morgen wünschen."

„Aber er ist doch nicht hier! Er hatte gestern seinen freien Tag und ist seitdem nicht wiedergekommen. Seit gestern abend sind übrigens auch Mister Byron und einer seiner Zwillinge spurlos verschwunden. Nichts als Scherereien hat man!"

Der Kapitän sprang auf. „Bestellen Sie den Kaffee ab!" rief er. Dann rannte er, so schnell ihn seine alten Seemannsbeine trugen, zum Jachthafen. Sein Segelboot lag nicht da! Ihm wurden die Knie schwach. Er blickte sich hilfesuchend um. Da sah er an einem der Anlegepflöcke einen Zettel hängen.

Er kniete hin, riß den Zettel ab und las ihn durch. Es war Emils Notiz vom vorigen Abend.

Der Kapitän erhob sich mühsam und lief schwer atmend in den Ort hinein. Endlich stand er vor der Villa Seeseite. Er riß das Gartentor auf und klinkte an der Haustür. Sie war verschlossen. Er rannte um das Haus herum und blickte durch das Verandafenster.

In einem Stuhl am Tisch saß Emil Tischbein. Er hatte die Arme und den Kopf auf die Tischplatte gelegt und schlief.

Auf dem Sofa an der Wand lag der kleine Dienstag und schlief auch. Er war in eine Kamelhaardecke eingewickelt, und aus dem Sofakissen schaute nur der Schopf heraus.

Die Verandatür war auch verschlossen. Der Kapitän trommelte mit den Fingern gegen die Scheibe. Erst leise. Aber die Jungen wachten nicht auf. Er klopfte stärker und immer stärker.

Schließlich blickte Emil hoch. Erst ganz verschlafen. Doch plötzlich kam Leben in seine Augen. Er sah sich erstaunt in der Veranda um, schien sich an vieles zu erinnern, fuhr sich durch das verstrubbelte Haar, sprang hoch und schloß die Tür auf.

„Wo ist Hans?" rief der Kapitän.

Emil erzählte schnell alles, was er wußte. Zum Schluß sagte er: „Wir kamen erst mitten in der Nacht aus Warnemünde zurück. Dienstag wachte überhaupt nicht auf. Ich hob ihn von dem Fuhrwerk herunter, schleppte ihn hierher auf das Sofa und deckte ihn zu. Ich setzte mich in den Stuhl und wollte warten, bis der Morgen käme. Dann wollte ich die Hafenpolizei alarmieren. Und dann wollte ich Jackie auf das, was geschehen ist, vorbereiten und ihm als ersten Trost die fünfzig Mark geben. Und wenn das Segelboot nicht gefunden würde, wollte ich nach Kopenhagen telegraphieren. Ins Hotel d'Angleterre." Er zuckte die Achseln. „Aber ich muß dann plötzlich eingeschlafen sein. Entschuldigen Sie vielmals, Herr Kapitän. Was werden Sie jetzt tun?"

Der alte Kapitän Schmauch ging zur Tür. „Ich werde alle Motorboote auftreiben, die verfügbar sind! Wir müssen die See absuchen. Wecke deinen Freund! Und kommt zum Hafen hinunter!" Er lief eilig davon.

Emil trat ans Sofa und rüttelte Dienstag wach. Sie putzten sich rasch die Zähne, wuschen sich flüchtig, schnürten das Stullenpaket auf, das Dienstag den ganzen vorigen Tag mit sich herumgeschleppt hatte, und rannten kauend aus dem Haus.

An der Wegkreuzung blieb Emil stehen. „Kleiner, laufe zum Hafen hinunter! Vielleicht kannst du dem Kapitän nützlich sein. Ich wecke Jackie und bringe ihn mit." Er trabte zur Düne.

Eine halbe Stunde später verließen zweiundzwanzig Fischkutter, fünf Segeljachten und sieben Motorboote den Korlsbüttler Hafen. Hinter dem Brückenkopf fuhren sie in Fächerform auseinander. Es war vereinbart worden, daß die benachbarten Fahrzeuge einander nicht aus den Augen verlieren sollten. Dadurch hoffte man, nichts, was irgendwie auffällig wäre, zu übersehen.

Kapitän Schmauch stand am Ruder des Motorbootes ‚Argus'. Der Besitzer, ein Fabrikant, hatte es ihm zur Verfügung gestellt. Emil, Dienstag und Jackie knieten auf den Bänken und blickten aufmerksam über die Wellen. Manchmal lag das Boot so schief, daß den Jungen das Salzwasser ins Gesicht klatschte.

Jackie sagte: „Ich glaube fast, ich habe mich noch gar nicht bei euch bedankt. Das lag am Schreck. Der erste Schreck ist immer der beste. Also, habt heißen Dank. Auch für das Geld." Er drückte ihnen die Hand. „So, und nun will ich mich mal um den alten Onkel kümmern. Dem ist viel mulmiger zumute als mir."

Er trat neben den Kapitän und nickte ihm munter zu. „Machen Sie sich keine Sorgen, Käpten", meinte er. „Es ist bestimmt nichts Schlimmes passiert. So etwas fühle ich. Ich habe nämlich die vierte Dimension."

Der Kapitän blickte steif geradeaus.

Eine halbe Stunde später verließen zweiundzwanzig Fischkutter, fünf Segeljachten und sieben Motorboote den Hafen.

Jackie sah sich um. Links draußen stampfte ein dunkler Fischkutter durch die Wellen und ganz rechts eine schlohweiße Jacht.
„Eine Frage, Käpten. Gibt's hier irgendwo Sandbänke? Oder
kleine Inseln oder so was Ähnliches?"

Der alte Seemann ließ für eine Sekunde das Ruder los. Sie
trudelten wie ein Kreisel durch die Wellen. Dann griff der Kapitän wieder fester zu. Noch fester als früher. „Junge!" rief er
außer sich. „Das ist eine Idee! Wenn du recht hättest!" Mehr
sagte er nicht.

Aber er änderte den Kurs.

Die drei Robinsöne waren sehr, sehr zeitig aufgewacht. Sie
hatten wie die Schneider gefroren, waren aus der Kajüte geklettert und hatten Freiübungen gemacht, bis die Sonne höher
stieg.

Dann hatten sie ein paar Schluck Wasser getrunken und Konserven gefrühstückt. Nun standen die geleerten Konservenbüchsen mit offenen Mäulern im Sand und warteten auf Regenwasser. Doch es regnete nicht. Im Gegenteil. Der Himmel war
blau wie seit Tagen nicht.

„Ich hätte nie für möglich gehalten", erklärte Gustav, „daß
mich schönes Wetter so maßlos ärgern könnte. Man lernt nie
aus."

Der Professor war böse. „Wenn wir keine Konservenbüchsen
hätten, regnete es jetzt in Strömen. Das ist immer so."

„Trotzdem hat alles sein Gutes", entgegnete Gustav. „Stell
dir vor, du hättest deinen Aufsatz über das interessanteste
Ferienerlebnis neulich schon geschrieben! Nicht auszudenken!
Du könntest das Heft glatt ins Feuer schmeißen."

„Es erscheint mir fraglich, ob wir in unserm Leben überhaupt
noch einmal Aufsätze schreiben werden", sagte der Professor
melancholisch.

Gustav rief: „Wenn's weiter nichts wäre! Das könnte ich notfalls verschmerzen. Aber der Gedanke, daß ich mein Motorrad nicht wiedersehen soll, könnte mich weich stimmen." Er pfiff vor sich hin.

Hans Schmauch zog sein weißes Hemd aus und hißte es an der Flaggleine hoch. „Vielleicht findet man uns dann leichter", meinte er.

Später versuchten sie es noch einmal, die ‚Kunigunde' flottzukriegen. Sie wankte und wich nicht.

„Das Luder hat über Nacht Wurzel geschlagen", sagte der Pikkolo. „Es hat keinen Zweck." Als sie wieder im Sand hockten, erklärte er: „Jetzt hört mich einmal an! Ich bin an dem Malheur schuld. Das Trinkwasser reicht bis morgen früh. Wenn wir bis heute nachmittag nicht aufgestöbert werden, schnalle ich mir eine der Schwimmwesten um, die im Bootskasten liegen, und versuche hinüberzuschwimmen. Vielleicht erwische ich schon unterwegs ein Fischerboot oder einen Dampfer."

„Ausgeschlossen!" rief Gustav. „Wenn einer von uns losschwimmt, dann selbstverständlich nur ich!"

„Ich habe die Sache eingerührt", erklärte der Pikkolo. „Ich löffle sie aus."

„Darauf kommt's überhaupt nicht an", sagte Gustav. „Schwimmen wird der, der am besten schwimmt. Verstanden?"

„Also ich!" meinte der Pikkolo.

„Nein, ich!" entgegnete Gustav.

„Ich schwimme!"

„Nein, ich."

Sie sprangen auf. Sie wollten aufeinander losgehen.

Da warf der Professor jedem eine Handvoll Sand ins Gesicht. Sie spuckten fürchterlich und wischten sich die Augen sauber. „Ihr seid wohl vollkommen übergeschnappt?" fragte der Professor ruhig. „Legt euch lieber hin und schlaft ein paar Stunden.

143

Dann vergeßt ihr Essen und Trinken. Und dann reichen die Vorräte länger."

Sie legten sich folgsam in den Sand und schlossen die Augen. Der Professor setzte sich ins Boot, lehnte sich gegen den Mast und überwachte den Horizont.

Das Motorboot ‚Argus‘ stampfte unbeirrbar durch die Wellen. Manchmal, wenn die Jungen sich festzuhalten vergaßen, purzelten sie von ihrer Bank quer durchs Boot auf die andere Seite. Dienstag hatte bereits eine Beule auf der Stirn. Kapitän Schmauch stand wie ein Denkmal am Steuer. Sie folgten seinem Blick über die Wasserwüste. „Dort!" rief er plötzlich und zeigte in die Ferne. Aber sie sahen nichts.

„Eine weiße Flagge!" rief er begeistert. „Das sind sie!" Er nickte Jackie zu. „Deine Frage vorhin war Gold wert, mein Junge."

„Was denn für eine Frage, Käpten?"

„Ob es hier Inseln gäbe", erwiderte er. „Die Kerls sind auf der Insel mit der Palme festgefahren. Na, die können ja was von mir erleben!"

Die Jungen drängten sich um ihn. Jackie meinte: „Ich hab's ja gleich gewußt, daß nichts Schlimmes passiert ist."

Der Kapitän lachte erleichtert. „Richtig. Du hast ja die vierte Dimension!"

Emil rief: „Jetzt seh' ich auch etwas Weißes! Und einen Mast!" Jackie schrie: „Ich auch!"

Dienstag sah immer noch nichts. Als ihm Emil beim Suchen helfen wollte, bemerkte er, daß sein Freund weinte. Die Tränen liefen ihm über die braungebrannten Backen.

„Was hast du denn, Kleiner?"

„Ich bin so scheußlich froh", flüsterte Dienstag. „Du brauchst es Gustav und dem Professor aber nicht zu erzählen, daß ich ihretwegen geheult habe. Sonst bilden sie sich auch noch was drauf ein, diese blöden Feuertüten!" Er lachte unter Tränen.

Emil versprach zu schweigen.

"Drei Gestalten sind's!" rief der Kapitän. "Und meine ‚Kunigunde' ist's auch. Na, wartet nur, ihr Brüder! Wenn ich euch erwische!"

Gustav und der Pikkolo sprangen wie die Buschneger auf der kleinen Insel hin und her. Sie winkten und johlten.

Der Professor rührte sich nicht vom Fleck und zeichnete mit dem Finger Figuren in den Sand. Später erhob er sich, las die leeren Konservenbüchsen auf und warf eine nach der andern nachdenklich ins Wasser.

Der Pikkolo kletterte auf das Segelboot, holte sein Hemd, die weiße Flagge, wieder ein und zog es rasch an.

Da schoß auch schon das Motorboot durch den Gischt. Der Motor setzte aus. Der Kapitän warf ein Tau durch die Luft. Hans Schmauch fing es geschickt auf und knotete es am Heck des Segelbootes fest. Nun lagen die zwei Fahrzeuge dicht nebeneinander.

"Hurra, ihr Feuertüten!" rief Gustav.

Kapitän Schmauch sprang als erster vom ‚Argus' auf die ‚Kunigunde IV'.

Sein Neffe trat vor ihn hin und sagte: "Onkel, ich bin an allem schuld!"

Der Kapitän gab ihm eine Ohrfeige, daß es nur so knallte, und rief: "Gott sei Dank, daß ihr gesund seid!"

DIE NÄCHSTEN SCHRITTE

Die Heimkehr der umfangreichen Rettungsflottille und die Ankunft der Schiffbrüchigen gestaltete sich zu einem kleinen Volksfest. Auf der Seebrücke, an den Hafenkais und sogar in den Zugangsstraßen standen die Einheimischen und die Kurgäste dichtgedrängt und winkten. Es war um die Mittagszeit. Und in etwa zwanzig Küchen brannte mittlerweile das Essen an.

Kapitän Schmauch schickte die Jungen auf einem Umweg ins Strandhotel. Er selber ging mit den Fischern und Schiffern, die bei der Suche geholfen hatten, in den Dorfkrug. Dort spendierte er zwei Faß Bier und zwei Lagen Köm. Nachdem er seinen Freibiergästen Bescheid getan und sich bei ihnen bedankt hatte, stiefelte er stracks ins Strandhotel und bestellte für sich und die Jungens ein herzhaftes Mittagessen.

Sie setzten sich, um unter sich zu sein, ins ‚Zimmer für kleine Vereine' und futterten wie die Scheunendrescher. Währenddem berichteten sie einander ausführlich, was sie erlebt hatten. Hans Schmauch saß, obwohl er doch eigentlich im Hotel Pikkolo war, an der Mittagstafel neben den andern und wurde vom Kellner Schmidt, seinem unmittelbaren Vorgesetzten, aufs zuvorkommendste bedient.

Als Nachtisch gab es Schokoladenpudding mit Vanillesauce.

„Ich möchte vorschlagen", sagte der Kapitän, „daß wir über die Robinsonade, die einigen unter euch zugestoßen ist, den Schnabel halten. Morgen kommen eure Erwachsenen aus Dänemark zurück. Sie brauchen von dem kleinen Zwischenfall kein

Wort zu erfahren. Sollte sich die Sache nicht verheimlichen lassen, so möchte ich die Anwesenden bitten, alles auf mich zu schieben. Ich bringe es dann schon in Ordnung."

Emil und der Professor sprangen auf.

Der Kapitän winkte ab. „Ich weiß schon, was ihr sagen wollt. Ihr seid natürlich stolz und wollt eure Schulden selber bezahlen." Er schüttelte den Kopf. „Es genügt, daß ich Bauchschmerzen gekriegt habe! Schont die Erwachsenen! Wir Großen haben schwache Nerven!"

Emil und der Professor setzten sich wieder auf ihre Stühle.

„Na also", sagte der Kapitän freundlich. „So, und jetzt geht Onkel Schmauch Holz verkaufen." Er drehte sich um. „Herr Ober, zahlen!"

Nach dem Essen rannten die Jungen zum Hafen hinunter. Nur Hans Schmauch blieb im Hotel. Er zog seine Kluft an und war wieder Pikkolo, als sei nichts gewesen. Die anderen holten aus dem Segelboot ‚Kunigunde IV' den Marktkorb mit den übriggebliebenen Eßwaren heraus und überführten ihn feierlich in die Speisekammer der Villa. Gustav tat sich wichtig. „Heute hab' endlich einmal ich Tagesdienst!" rief er. Er legte die Bestandsliste auf den Küchentisch und führte darin, so gut er's verstand, Buch. (Sehr gut verstand er's nicht.)

Dann schickten sie Jackie Pachulke ins Hotel, damit er seinen Koffer und seine sieben Zwetschgen hole. Sie stellten mittlerweile das unbenutzte Feldbett, von dem Klotilde seinerzeit erzählt hatte, in ihrem Zimmer auf. Denn im Hotel konnte Jackie ja nun nicht länger bleiben.

Als das erledigt war, sagte der Professor: „Eigentlich müßten wir jetzt erst einmal ausführlich schlafen." Er hatte sich auf der Insel, trotz der südlichen Palme, erkältet und sprach gewaltig durch die Nase. „Doch wir müssen das Schlafen bis auf weiteres verschieben und zunächst einmal überlegen, was wir für Jackie tun können. Daß Mister Anders fünfzig Mark ausgespuckt hat, ist zwar ganz schön. Aber sehr alt kann der Junge damit nicht werden. Eltern hat er nicht. Geschwister hat er nicht. Wann er ein neues Engagement kriegt, wissen die Götter. Was schlagt ihr vor?"

Der kleine Dienstag hob die Hand. „Wir gehen jetzt in den Garten. Wir sind vier Detektive, und der Garten hat vier Ecken. Jeder Detektiv setzt sich in eine Ecke und denkt angestrengt nach. Nach fünf Minuten treffen wir uns am Gartentisch wieder. Und dann berichtet jeder, was ihm in seiner Ecke eingefallen ist."

Der Vorschlag wurde angenommen. Sie rannten in den Garten hinaus. Jeder in eine andere Ecke. Dort dachten sie nach.

Das Wetter war beängstigend schön. Die Grillen spielten Mandoline. Die Heuschrecken sprangen von Grashalm zu Grashalm. Vom Erlenbruch her hörte man einen Pirol pfeifen.

Fünf Minuten später trafen sie sich verabredetermaßen an dem großen runden Gartentisch und nahmen, ernst wie Schöffen, Platz. Emil sah sich um und sagte: „Ich habe das dumpfe Gefühl, daß einer fehlt."

„Gustav", stellte Dienstag fest.

Sie rannten in Gustavs Ecke. Der Motorradmeister lag längelang im Gras und schlief.

Der Professor rüttelte ihn kräftig. „He, junger Mann!"

Gustav öffnete mühselig die Augen. „Was'n los?"

„Du solltest doch nachdenken", sagte der kleine Dienstag streng.

Gustav setzte sich auf. „Wie soll man denn nachdenken können, wenn ihr einen stört?"

„Ach so!" rief Emil. „Du hast nachgedacht! Und was ist dir eingefallen?"

„Nichts, ihr Feuertüten!"

Sie lachten. Dann zogen sie ihn hoch und trabten zu dem Tisch zurück.

„Die Sitzung ist eröffnet", erklärte der Professor. „Emil hat das Wort."

Emil stand auf. „Werte Zuhörer! Am Freitag, das ist übermorgen, wird hier in Korlsbüttel, in den Leuchtturmlichtspielen, der Film ‚Emil und die Detektive' aufgeführt. Wir hatten uns vorgenommen, uns nicht zu erkennen zu geben und uns den Film als ganz harmlose Zuschauer anzusehen. Wir können nun aber, glaube ich, Jackie helfen, wenn wir das Geheimnis lüften und dem Kinobesitzer mitteilen, wer wir sind. Es widerspricht zwar unseren Prinzipien und geht uns gegen den Strich. Aber in der Not frißt der Teufel Fliegen. Der Kinobesitzer kann dann zum Beispiel eine Anzeige in der Zeitung erscheinen lassen. Oder er kann über das Plakat, das an den Anschlagsäulen hängt, einen Zettel kleben lassen, auf dem steht, daß die Detektive bei einigen Aufführungen persönlich anwesend sein werden. Dann kommen vielleicht mehr Kinder in sein Kino als sonst. Und dafür, daß er durch uns mehr verdient, kann er dem Jackie die Einnahmen der ersten Vorstellung schenken." Emil setzte sich.

Die andern nickten nachdenklich.

„Erhebt sich kein Widerspruch?" fragte der Professor. „Der Vorschlag ist ungewöhnlich ausgezeichnet. Wir werden uns, um Jackie helfen zu können, zu erkennen geben müssen." Er machte eine Pause. „Emils Vorschlag ist einstimmig angenommen. Es bleibt uns nichts andres übrig. So. Und nun erteile ich mir das Wort. Ich schlage vor, daß einer von uns zu der Redaktion der ‚Bäder-Zeitung' geht und mit dem Redakteur redet. Dieser

Mann muß sofort einen Artikel abdrucken, den einer von uns schreibt und in dem anschaulich erzählt wird, wie Jackie von seinem Mister Anders verlassen worden ist, und daß es für alle Kinder in Korlsbüttel und den benachbarten Bädern Pflicht ist, für Jackie geradezustehen und Geld zu sammeln. Und in ein paar Tagen wird dann mitgeteilt werden, wieviel Geld zusammengekommen ist." Er setzte sich.

„Prima!" rief Gustav. „Erhebt sich kein Widerspruch? Nein. Der Vorschlag des Professors ist angenommen! Ich erteile Dienstag das Wort."

Der kleine Dienstag stand auf. „Ich wollte vorschlagen, daß Gustav und vielleicht noch einer von uns heute nachmittag auf dem Motorrad durch alle Badeorte sausen und überall den Kindern am Strand berichten, was passiert ist, und daß man Jackie dringend helfen muß. Vielleicht kann man in jedem Ort am Strand ein Schild anbringen, auf dem alles draufsteht. Dann können es alle lesen und weitererzählen." Er setzte sich.

„Sehr gut!" riefen die andern.

Und Gustav sagte: „Ein Glück, daß mir nichts eingefallen ist! Wir wüßten gar nicht, wohin mit den Einfällen."

Sie redeten noch eine Weile hin und her. Dann rannten sie in die Veranda und malten mit Buntstiften acht Schilder. Eins für Korlsbüttel. Eins für Graal. Eins für Müritz. Eins für Heidekrug. Eins für Warnemünde. Eins für Heiligendamm. Eins für Ahrenshoop. Und eins für Brunshaupten.

Dann holte Gustav seine Maschine aus dem Pavillon und schob sie auf die Straße. Dienstag setzte sich mit den acht Schildern auf den Gepäckrost. Und los ging's! Emil und der Professor winkten hinter den beiden Freunden her.

Als Jackie mit seinem Gepäck eingetroffen war, übertrugen sie ihm die Hausbewachung. Dann ließen sie ihn als ‚Aufsichtsrat' allein und rannten in den Ort. Warum sie's so eilig hatten, erzählten sie ihm allerdings nicht.

Als Emil in das Büro der Leuchtturm-Lichtspiele trat, sagte der Kinobesitzer, Herr Bartelmann: „Keine Zeit! Andermal!" Fünf Minuten später blickte er, weil der Junge nicht gegangen war, vom Schreibtisch hoch. „Noch immer da? Worum handelt sich's?"

„Ich bin Emil Tischbein."

Herr Bartelmann lehnte sich im Sessel zurück. „Wieso?"

„Ich bin Emil Tischbein, nach dessen Erlebnis der Film gedreht worden ist, den Sie übermorgen aufführen."

„Sehr erfreut", sagte der Kinobesitzer. „Freue mich wirklich. Und?"

Emil setzte ihm den Plan der Detektive auseinander.

Herr Bartelmann kniff die Augen ein. Anders konnte er nicht nachdenken. Dann schnalzte er mit der Zunge. Wie ein Pferdehändler, wenn ein neues Pferd auf dem Hof vorgeführt wird. Herr Bartelmann witterte ein gutes Geschäft. „Ihr kriegt die Einnahmen der ersten Vorstellung für euren Schützling unter einer Bedingung! Ihr müßt euch verpflichten, eine Woche lang nach jeder Vorstellung auf der Bühne zu erscheinen!"

„Eine ganze Woche lang?" rief Emil. „Nach jeder Vorstellung? Es ist uns schon unangenehm, ein einziges Mal bei Ihnen aufzutreten! Wir sind doch keine Clowns!"

„Umsonst ist der Tod!" behauptete der Kinobesitzer.

Der Junge überlegte. „Gut", sagte er dann. „Es bleibt uns nichts anderes übrig. Aber wenn wir uns dazu verpflichten, verlangen wir die Einnahmen des ganzen ersten Tages. Also der ersten drei Vorstellungen."

Herr Bartelmann kniff die Augen ein. „Tüchtiger Geschäfts-

mann, wie?" Er nickte. „Einverstanden!" Dann tippte er einen
Vertrag in die Schreibmaschine. Mit einem Durchschlag. Sie un-
terzeichneten die zwei Exemplare, und jeder bekam eins davon.
„Perfekt", sagte Bartelmann. „Freitag nicht zu spät."
Emil ging. Der Vertrag knisterte in seiner Tasche.

Der Kinobesitzer hängte sich sofort ans Telephon und setzte
sich mit dem Anzeigenchef der ‚Bäder-Zeitung' in Verbindung.
Er gab eine neue große Anzeige auf. Dann telephonierte Herr
Bartelmann mit der ‚Plakat G. m. b. H.' Er bestellte für jedes
der in Korlsbüttel und in den anderen Bädern hängenden Pla-
kate einen roten Querstreifen. Darauf solle groß zu lesen sein:
„Emil und die Detektive sind eine Woche lang in jeder Vorstellung persönlich anwesend!"

Währenddem saß der Professor in einem Zimmer der ‚Bäder-
Zeitung' und schrieb, wie er's mit dem Schriftleiter besprochen
hatte, einen ‚Aufruf an sämtliche Bäderkinder'. Er beschrieb
Jackies Unglück und Notlage und forderte alle auf, die nächste
Zukunft des kleinen Artisten durch Geldspenden einigermaßen
sicherzustellen. Er unterschrieb: ‚Für Emil und die Detektive,
im besonderen Auftrage, Theodor Haberland, genannt der Professor.'

Er brachte den Text dem Redakteur ins Nebenzimmer. Der las
ihn langsam durch, rief einen Boten herein und sagte: „Gehen
Sie in die Druckerei. Dieser Artikel soll sofort in Satz gegeben
und auf der ersten Seite nachgeschoben werden. Ich komme dann
selbst hinüber." Der Bote verschwand.

Das Telephon klingelte. Der Redakteur nahm den Hörer ab.
„Gespräch aus Graal?" meinte er. „Wer ist dort? Dienstag? Ach
so! Ja, er ist gerade bei mir."

Er gab den Hörer seinem Besuch. „Was Neues?" fragte der

Professor ins Sprachrohr hinein. „So, so. Sehr gut. Ja, der Text auf den Schildern kann so bleiben. Unser Aufruf erscheint morgen in der Zeitung. Müde bist du? Ich auch. Macht's gut! Parole Emil!" Er hängte ein.

„Was sind das für Schilder?" fragte der Schriftleiter.

Der Professor erzählte es ihm.

„Das ist ja ein Musterbeispiel für durchorganisierte Nächstenliebe!" rief der Herr anerkennend. „Der Text, den du geschrieben hast, ist übrigens ausgezeichnet. Was willst du denn einmal werden?"

„Ich weiß es nicht", erwiderte der Professor. „Als kleiner Junge wollte ich Baumeister werden. Jetzt aber nicht mehr. Jetzt interessiere ich mich am meisten für die Zerspaltung der Elemente, für die Atomtheorie und für die positiven und negativen Elektronen. Alles verstehe ich noch nicht. Aber es ist sicher ein enormer Beruf. So, und jetzt muß ich wieder zu meinen Freunden." Er stand auf und bedankte sich.

„Gerne geschehen", sagte der Redakteur und brachte seinen Besucher bis zur Tür.

Zur gleichen Zeit standen Gustav und Dienstag am Strand in Graal. Das Motorrad und sieben Schilder lehnten an der Seebrücke. Das achte Schild befestigte Gustav gerade mit Reißzwecken am schwarzen Brett, an dem die Bekanntmachungen der Kurverwaltung hingen.

Ein paar Kinder blieben neugierig stehen.

Gustav drückte auf seine Hupe.

Die Zahl der Kinder wuchs. Nun blieben auch schon Erwachsene stehen. Alle wollten das Schild sehen.

Dienstag sagte zu Gustav: „Wir müssen ein paar passende Worte sprechen, nicht? Nimm mich mal huckepack!" Gustav ging in Kniebeuge. Dienstag kletterte auf die Schultern des Freundes. Dann hob er die Hand.

Es wurde still.

„Sehr geehrte Anwesende!" rief Dienstag. „Wir sind gekommen, um euch um Hilfe zu bitten. Natürlich nicht für uns selber. Sondern für einen Jungen, dem es dreckig geht. Ein paar Einzelheiten haben wir auf das Schild geschrieben, das hier am Brett hängt. Näheres findet ihr morgen in der ,Bäder-Zeitung'. Wer noch nicht lesen kann, läßt sich's vorlesen. Wir fahren heute nachmittag durch acht Seebäder und hoffen, daß uns die Kinder nicht im Stich lassen werden. Meine Freunde und ich sind Emil und die Detektive. Ich erzähle das nur, damit ihr nicht denkt, wir wollen euch bemogeln. Vielleicht habt ihr schon von uns gehört. Der Junge, auf dem ich sitze, ist Gustav mit der Hupe."

Gustav verbeugte sich, und Dienstag wäre dabei fast vornüber in den Sand gefallen.

„Und du bist sicher der kleine Dienstag!" rief ein Mädchen. „Stimmt's?"

„Jawohl. Aber das ist ja alles nicht so wichtig! Hauptsache, daß die Sammlung klappt! Und nun wollen wir rasch weiter. Gustav, laß mich herunter!"

„Moment!" knurrte Gustav. „Ich habe eine Idee. Ganz gegen meine Gewohnheit. Hört mal zu!" rief er. „Ihr könntet das Geld, das ihr sammelt, eigentlich in einem Sparkassenbuch anlegen!" Dann hob er Dienstag herunter. Die beiden Detektive setzten sich mit ihren sieben Schildern auf das Motorrad.

„Auf Wiedersehn am Freitag!" rief Dienstag. „In den Leuchtturm-Lichtspielen! Parole Emil!"

„Parole Emil!" schrien die Kinder von Graal.

Das Motorrad stuckerte über den Waldweg, der in den Ort hineinführt. Gustav hupte. Die Propagandafahrt für Jackie Byron alias Paulchen Pachulke nahm ihren Fortgang.

„Sehr geehrte Anwesende!" rief Dienstag.

EIN ERNSTES GESPRÄCH

Am Donnerstag trafen die Kopenhagener wieder in Korlsbüttel ein. Sie kamen von der dänischen Insel Bornholm, und
Fräulein Klotilde Seelenbinder war noch ziemlich grün im Gesicht. Sie war auf dem Dampfer seekrank geworden und behauptete, der Boden schaukle ihr noch jetzt unter den Füßen.

Der Justizrat holte aus der Hausapotheke Baldriantropfen.
Die mußte sie schlucken. Dann sagte sie: „Es ist ein Skandal,
sich so unterkriegen zu lassen!" und marschierte in die Küche.
Dort kontrollierte sie die Bestandsliste der Jungens und die
Speisekammer. Es war alles in tadelloser Ordnung. Sie wollte es
erst gar nicht glauben. Später ging sie, leise schwankend, in den
Ort, um fürs Mittagessen einzukaufen.

Den anderen Reisenden war nicht übel geworden. Sie erzählten viel von Kopenhagen, Seeland und Bornholm, und Pony Hütchen las einiges aus ihrem Stichwort-Katalog vor. Im Grunde
waren sie aber doch alle froh, wieder zu Hause zu sein. Emils
Großmutter meinte: „Hotelbetten bleiben Hotelbetten. Ich werde
mich mal probehalber bis zum Essen in meine Klappe legen." Sie
stieg mit Pony nach oben. Der Justizrat fragte, ob in der Zwi-
schenzeit irgend etwas Ernstes oder Bedenkliches vorgefallen sei.

Die Jungen dachten an die Insel mit der Palme, aber auch an
den Kapitän und dessen Rat und schüttelten verlegen die Köpfe.

„Das habe ich nicht anders erwartet", meinte der Justizrat.
Und er erzählte ihnen von der Angst, die seine Frau am Dienstag
abend befallen habe. Er lachte überlegen. „Daß Frauen immer

gleich so ängstlich sind. Deine Mutter hatte richtiges Alpdrücken, mein Junge, und glaubte euch in einer großen Gefahr. Da sieht man wieder einmal ganz deutlich, wie falsch es ist, auf die innere Stimme zu hören, an der empfindsame Frauen leiden. Es handelt sich um depressive Phantasie, um weiter nichts!"

Die Detektive blickten einander an und schwiegen wohlweislich. Dienstag benutzte die Gelegenheit, aus der Villa Seeseite auszuziehen. Er holte seinen Schlafanzug und die Zahnbürste von nebenan, bedankte sich für die ihm erwiesene Gastfreundschaft und kehrte in die Pension zurück, in der seine Eltern wohnten.

Dann berichtete der Professor seinem Vater in großen Zügen von der mißglückten Razzia auf Mister Byron und von ihren Plänen und Versuchen, Jackie auf die Beine zu helfen. „Außerdem", erzählte er, „hat Jackie heute nacht bei uns im Feldbett geschlafen. Jetzt ist er bei Hans Schmauch zu Besuch. Wenn es euch recht ist, bleibt er vorläufig hier wohnen."

Herr Haberland war einverstanden. „Ihr habt eure Selbständigkeit gut angewendet", meinte er. „Da können wir Großen ja gleich wieder abreisen!"

Sie dachten an die Robinsonade auf der kleinen Insel und fühlten sich nicht allzu wohl in ihrer Haut.

Gustav war natürlich vorlaut und sagte: „Manchmal ist es trotzdem ganz praktisch, daß es Erwachsene gibt."

Die Jungen erschraken. Emil trat Gustav energisch auf den Fuß.

Gustav schnitt eine Grimasse.

„Was hast du denn?" fragte Justizrat Haberland.

„Magenschmerzen", erklärte Gustav notgedrungen.

Der Justizrat stand sofort auf und holte die Baldriantropfen herbei. Und obwohl Gustav kerngesund war, mußte er Baldrian schlucken.

Die Freunde grinsten vor Schadenfreude wie die Vollmonde. „Wenn dir nicht besser wird", meinte der Justizrat, „kriegst du in zehn Minuten noch einen Löffel voll."

„Bloß nicht!" rief Gustav außer sich. „Ich bin schon wieder völlig mobil!"

Der Justizrat freute sich. „Ja, ja", sagte er zufrieden. „Auf Baldriantropfen lasse ich nichts kommen."

Nach dem Mittagessen erschien der Kapitän. Sie saßen noch zu Tisch. Er begrüßte die Dänemarkfahrer. Dann holte er die ‚Bäder-Zeitung', die soeben erschienen war, hervor und sagte: „Jungs, ihr geht ja aufs Ganze! Mobilisiert die halbe Ostseeküste für diesen Jackie! Übrigens, wo ist denn der Knabe?"

„Bei dem Pikkolo", antwortete Emil. „Bei Ihrem Neffen."

Der Kapitän gab die Zeitung den Erwachsenen. Die Jungen stellten sich dahinter. Und dann lasen sie alle miteinander den Aufruf des Professors. Nur der Verfasser selber, der blieb sitzen. Obwohl er für sein Leben gern gesehen hätte, wie sich sein Werk gedruckt ausnahm.

Anschließend zeigte der Kapitän das große Inserat der Leuchtturm-Lichtspiele, in dem mitgeteilt wurde, daß Emil und die Detektive eine Woche lang allen Vorstellungen beiwohnen würden und daß die Einnahmen des ersten Tages für Jackie Byron bestimmt seien.

Pony war begeistert. „Welches Kleid soll ich denn zum Verbeugen anziehen?" fragte sie aufgeregt. „Ob ich mir mein neues aus Berlin schicken lasse?"

„Wie einem so etwas Spaß machen kann!" rief Gustav fassungslos.

„Schrecklich", meinte der Professor. „So oft ich dran denke, komme ich mir wie'n Hanswurst vor."

„Es gibt keinen andern Ausweg", sagte Emil. „Der Zweck heiligt die Mittel."

Pony stand auf.

„Wo willst du denn hin?" fragte die Großmutter.

„Nach Hause schreiben. Wegen des neuen Kleids."

„Setz dich sofort wieder hin!" befahl die Großmutter. „Schnappe nicht über!" Sie schüttelte mißbilligend den Kopf. „Frauen sind doch manchmal zu albern!"

„Das stimmt", sagte Gustav. „Sie denkt schon, sie ist die Garbo."

Pony murmelte: „Trottel!"

Er tat, als habe er's nicht gehört, und erklärte: „Wenn ich'n Mädchen wäre, ginge ich vor Kummer ins Kloster."

„Und wenn ich ein Junge wäre", antwortete Pony, „dann haute ich dir jetzt ein paar 'runter."

Der Kapitän machte sich auf den Weg, um mit Jackie zu reden. Jackie war nicht im Hotel, sondern auf dem Tennisplatz. Der Kapitän pilgerte also vom Hotel zum Tennisplatz. Dort traf er den kleinen Artisten. Er las für die Spieler Bälle auf. Als er den Kapitän sah, rief er vergnügt: „Ahoi, Käpten!"

„Ahoi!" erwiderte der alte Herr Schmauch. „Kann ich dich mal einen Moment sprechen?"

Jackie warf einem der Tennisspieler zwei Bälle zu, las drei, die am Gitter lagen, auf und meinte: „Im Moment leider ganz ausgeschlossen, Käpten. Ich arbeite hier, wie Sie sehen. Pro Stunde krieg' ich fünfzig Pfennig. Man muß doch leben, nicht? Ich kann das Herumfaulenzen außerdem nicht leiden."

„Aha", sagte der Kapitän. „Wann bist du denn mit Arbeiten fertig?"

„In einer knappen Stunde. Falls man mich dann nicht mehr braucht."

„Dann komm doch in einer knappen Stunde zu mir. Falls man dich dann nicht mehr braucht."

„Mach' ich, Käpten!" rief Jackie. „Ahoi!" Dann warf er einem der Spieler wieder zwei Bälle zu.

„Ahoi, mein Junge", erwiderte der Kapitän und trottete heimwärts.

Währenddem ging die Großmutter mit Emil und Pony im Walde spazieren. Es war ein herrlicher Wald. Zwischen den Bäumen wuchsen Farnkräuter, Ginsterbüsche, Walderdbeeren, Blaubeeren, Hundsveilchen und wilde Stiefmütterchen. Und Jelängerjelieber rankte sich bis in die höchsten Baumwipfel.

Pony war weit zurück und pflückte Blumen.

„Hast du deiner Mutter regelmäßig geschrieben?" fragte die Großmutter.

„Aber selbstverständlich! Sie schreibt mir doch auch einen Tag um den andern."

Sie setzten sich ins Gras. Auf einem Birkenzweig schaukelte sich eine Goldammer. Und auf dem Weg spazierten Bachstelzen geschäftig hin und her. „Ich habe deiner Mutter übrigens auch geschrieben", sagte die Großmutter. „Aus Kopenhagen." Sie schaute einem Maikäfer zu, der auf einem Grashalm die Flügel ausbreitete und fortflog. „Wie gefällt dir eigentlich Oberwachtmeister Jeschke, mein Junge?"

Emil blickte erschrocken hoch. „Was weißt denn du davon?"

„Hast du etwas dagegen, daß mich meine Tochter fragt, ob sie wieder heiraten soll?"

„Es steht doch längst fest, daß sie sich heiraten."

„Gar nichts steht fest", erklärte die Großmutter. „Gar nichts steht fest."

Da kam Pony Hütchen angefegt. Sie zeigte ihren Blumenstrauß und rief: „Ich glaube, ich möchte Gärtnerin werden."
„Meinetwegen!" sagte die Großmutter. „Meinetwegen werde
du Gärtnerin! In der vorigen Woche wolltest du Krankenpflege-
rin werden. Vor vierzehn Tagen Drogistin. Mach nur so weiter,
mein Fräulein! Mach nur so weiter. Nur daß du Feuerwehrmann
wirst, erlaube ich nicht."

„Es ist auch schwer, einen passenden Beruf zu finden", meinte
Pony. „Wenn ich reich wäre, würde ich Pilotin."

„Wenn deine Großmutter Räder hätte, wäre sie ein Omnibus",
erklärte die alte Frau. „Und nun bringst du deinen Strauß in die
Villa und stellst ihn in eine Vase! Hoppla, schöne Gärtnersfrau!"

Pony wollte im Wald bleiben.

„Geh los!" rief die Großmutter. „Emil und ich haben ein ernstes Gepräch miteinander."

„Ich schwärme für ernste Gespräche", meinte Pony.

Die Großmutter blickte ihre Enkelin streng an.

Pony zuckte die Achseln. „Johanna geht", zitierte sie. „Und
niemals kehrt sie wieder." So zog sie ab.

Emil saß eine ganze Weile still. Sie hörten Pony von ferne singen. Er fragte: „Wieso steht es noch nicht fest?"

„Das weiß ich nicht genau. Also, wie gefällt dir der Gendarm?"

„Ich kann nicht klagen", meinte Emil. „Wir duzen uns schon.
Heinrich heißt er mit Vornamen. Und die Hauptsache ist, daß
Mutter ihn mag."

„Stimmt", gab die Großmutter zu. „Ich glaube aber, daß du
ihr gerade das übelnimmst. Widersprich nicht! Wenn man so
einen prächtigen, anhänglichen Sohn wie dich hat, braucht man
keinen Mann. So denkst du."

„Etwas Wahres ist dran", sagte Emil. „Du drückst es nur sehr
grob aus."

„Das muß man, mein Junge. Das muß man! Wenn der eine

nicht mit der Sprache heraus will, muß der andere übertreiben."
„Mutter wird es nie erfahren", sagte er. „Aber ich hatte mir's anders gedacht. Ich dachte, wir blieben unser Leben lang zusammen. Nur wir zwei. Aber sie hat ihn gern. Das entscheidet. Ich lasse mir bestimmt nichts anmerken."

„Wirklich nicht?" fragte die Großmutter. „Du solltest gelegentlich in den Spiegel gucken. Wer ein Opfer bringt, darf nicht wie ein Opferlamm aussehen. Ich bin zwar eine kurzsichtige alte Person. Aber bei deinem Gesicht braucht man nicht mal eine Brille. Eines Tages wird deine Mutter dahinterkommen. Dann wird es zu spät sein."

Sie kramte in ihrem Pompadour und holte einen Brief und ihre Lesebrille heraus. „Das ist ihr Brief an mich. Ich werde dir eine Stelle daraus vorlesen. Obwohl ich es nicht tun dürfte. Doch ich muß dir zeigen, wie wenig du deine Mutter kennst." Sie setzte umständlich die Brille auf und las: „Jeschke ist ein wirklich netter, solider und guter Mann. Ich wüßte keinen außer ihm, den ich, wenn ich schon heirate, heiraten möchte. Liebe Mutter, Dir ganz allein will ich verraten, daß ich viel lieber mit Emil allein zusammenbliebe. Er hat natürlich keine Ahnung davon und wird es auch nie erfahren. Was soll ich tun? Mir kann eines Tages etwas Menschliches zustoßen. Und was würde dann aus Emil? Oder meine Einnahmen könnten kleiner werden. Im Grunde tun sie's schon. Am Markt hat ein Friseur einen neuen Laden eröffnet. Und die Geschäftsfrauen müssen zu ihm gehen, weil seine Frau bei ihnen kauft. Ich muß an die Zukunft meines Jungen denken. Es gibt nichts Wichtigeres für mich. Und ich werde Jeschke eine gute Frau sein. Das habe ich mir versprochen. Er verdient's. Aber wirklich lieb habe ich ja doch nur meinen einzigen, guten Jungen, meinen Emil."

Die Großmutter ließ den Brief sinken. Sie blickte ernst vor sich hin und setzte langsam die Brille wieder ab.

„Wer ein Opfer bringt, darf nicht wie ein Opferlamm aussehen", sagte die
Großmutter.

Emil hatte die Arme um die Knie geschlungen. Er sah blaß aus. Er biß die Zähne zusammen. Aber plötzlich legte er den Kopf auf die Knie und weinte.

„Ja, ja, mein Junge", meinte die alte Frau. „Ja, ja, mein Junge." Dann schwieg sie und ließ seinen Tränen Zeit. Nach einer Weile sagte sie: „Du hast nur sie lieb und sie nur dich. Und jeder hat den anderen aus Liebe getäuscht, und jeder hat sich trotz soviel Liebe im andern geirrt. Das kommt vor im Leben. Jawohl, das kommt vor."

Ein Eichelhäher flog knarrend über die Wipfel.

Emil trocknete sich die Augen und sah die alte Frau an. „Ich weiß nicht mehr weiter, Großmutter! Kann ich denn zulassen, daß sie, um mir zu helfen, heiratet? Wo wir doch beide am liebsten allein blieben? Was soll ich tun?"

„Eins von beiden, mein Junge. Entweder bittest du sie, wenn du heimkommst, daß sie nicht heiraten soll. Dann werdet ihr euch um den Hals fallen. Und die Sache ist fürs erste erledigt."

„Oder?"

„Oder du sagst es ihr nicht! Sondern verschweigst es ihr bis übers Grab. Dann aber mußt du fröhlich schweigen! Nicht mit einer Leichenbittermiene! Wozu du dich entschließt, kannst nur du selber entscheiden. Ich will dir nur noch sagen: Du wirst älter, und auch deine Mutter wird älter. Das klingt einfacher, als es dann ist. Wirst du schon in ein paar Jahren Geld für euch beide verdienen können? Und wenn du es kannst — wo wirst du's verdienen? In Neustadt? Nein, mein Junge. Eines Tages muß man fort von zu Hause. Und wer's nicht muß, der soll's trotzdem tun! Dann bleibt sie zurück. Ohne Sohn. Ohne Mann. Ganz allein. Und noch eins: Was wird, wenn du in zehn, zwölf Jahren heiratest? Eine Mutter und eine junge Frau gehören nicht unters gleiche Dach. Ich weiß das. Ich hab's erlebt. Einmal als Frau. Und einmal als Mutter." Die Großmutter hatte Augen, als sähe sie, statt in den Wald, mitten in die Vergangenheit hinein. „Wenn sie heiratet, bringt jeder von euch beiden dem andern ein Opfer. Doch sie wird nie erfahren, daß du durch mich von ihrem Opfer weißt. Und sie wird nie erfahren, daß auch du ihr ein Opfer bringst! So wird die Last, die sie deinetwegen auf sich nimmt, leichter sein als jene, die du ihretwegen trägst. Verstehst du mich, mein Junge?"

Er nickte.

„Es ist nicht leicht", fuhr sie fort, „ein Opfer dankbar anzunehmen, während man selber fröhlich und dem andern verborgen das größere Opfer bringt. Es ist eine Tat, die niemand sieht und keiner lobt. Aber eines Tages bringt sie dem andern Glück. Das ist ihr einziger Lohn." Die alte Frau erhob sich. „Tu, was du willst! Das eine oder das andre. Und überleg es dir genau! Ich lasse dich jetzt allein."

Emil sprang auf. „Ich komme mit, Großmutter! Ich weiß, was ich tue. Ich werde schweigen! Bis übers Grab."

Die Großmutter sah ihm in die Augen. „Meinen Respekt!" sagte sie. „Meinen Respekt! Heute bist du ein Mann geworden! Nun, wer früher als andre ein Mann wird, der bleibt's länger als die andern. — So, und nun hilf mir gefälligst über den Straßengraben!"

FÜNFZEHNTES KAPITEL

SCHLUSS DER VORSTELLUNG

Am Freitagmorgen führten die Detektive in Korlsbüttel die angekündigte Sammlung für Jackie durch. Dienstag und der Professor übernahmen den Strand und den Hafen, Gustav das Familienbad, Emil die Straßen im Ort und Pony den Bahnhof.

„Es ist so aufregend", erklärte sie, „wenn man sich vorstellt, daß jetzt überall an der ganzen Küste, viel weiter als man blicken kann, Kinder mit Listen und Bleistiften unterwegs sind und für Jackie Geld kassieren. Gebt mir rasch eine Liste und einen Bleistift. Da kann ich nicht ruhig zusehen!"

Als sie mittags zurückkehrten und sich in der Veranda zusammensetzten, um das Geld zu zählen, lief ihnen Klotilde über den Weg. Sie war total aus dem Häuschen. „Da soll der Mensch kochen können!" rief sie. „Wißt ihr, wie oft es heute geklingelt hat? Dreiundzwanzigmal! Und jedesmal standen Kinder draußen, fragten nach euch und brachten Geld!"

„Aber Schlips", sagte der Professor, „das ist doch wunderbar."

„Vielleicht für euch", entgegnete sie gereizt. „Fürs Mittagessen bestimmt nicht! Erst ist die Milch übergelaufen. Dann ist das Gemüse zerkocht. Und zum Schluß ist der Hammelbraten angebrannt. Ich bin eine Köchin und keine Bankfiliale!"

„Für so 'nen Zweck", meinte Gustav, „schmeckt mir sogar angebrannter Braten, Fräulein Selbstbinder."

Sie brummte etwas vor sich hin, holte aus der Schürzentasche einen Haufen Geldstücke und packte sie auf den Tisch. „Hier! Drei Mark und neunzig Pfennige. Zur doppelten Buchführung hatte ich keine Zeit." Sie hob die Nase hoch und schnupperte. „Entsetzlich! Da brennt ja schon wieder was an!" Sie raste in die Küche. (Daß fünfzig Pfennige von ihrem eigenen Geld dabei waren, hatte sie absichtlich verschwiegen. Sie war eine Köchin mit vornehmem Charakter.)

Die Kinder holten aus allen möglichen Taschen Geldstücke hervor, schütteten sie auf den Tisch und sortierten den Berg aus Kupfer, Nickel und Silber. Sie häuften die gleichartigen Münzen übereinander. Dann zählten sie. Es waren dreiundvierzig Mark. Sie addierten die Listenbeträge. Die Rechnung stimmte. Der kleine Dienstag legte schmunzelnd einen Zwanzigmarkschein dazu und sagte: „Von meinem Vater. Vom großen Dienstag."

Der Professor rannte in den Garten, stöberte seinen Vater im Treibhaus bei den Tomaten auf und kam mit einem Zehnmarkschein zurück.

Dann kramten sie in ihrem Taschengeld, machten Kassensturz und gaben nicht eher Ruhe, als bis insgesamt fünfundsiebzig Mark auf dem Tisch des Hauses lagen.

Sie strahlten vor Begeisterung.

Dienstag holte ein sauberes Taschentuch hervor und schippte das Geld auf das Tuch. Dann knotete er das Tuch fest zu.

„Willst du Zauberkunststücke machen?" fragte Emil. „Willst du bis drei zählen und die fünfundsiebzig Mark verschwinden lassen?"

„Ich nehme das Geld mit", erklärte Dienstag.

„Wieso denn?" fragte der Professor.

„Das kann doch hierbleiben!" rief Pony.

Gustav sagte: „Laßt den Kleinen nur machen. Wir haben mit dem Geld etwas vor. Es ist ein Einfall von mir."

„O je", rief Pony. „Jetzt hast du auch schon Einfälle! Du bist doch nicht etwa krank?"

„Ich nicht", sagte er und krempelte die Ärmel hoch. „Komm mal näher 'ran. Wir besuchen dich morgen im Krankenhaus." Er rückte ihr zuleibe. Sie rannte zu Klotilde in die Küche.

„So eine Feuertüte", meinte Gustav. „Da hat man nun schon einmal eine gute Idee, da kommt so'n Frauenzimmer und gibt an."

„Was sich liebt, das neckt sich", erklärte Dienstag. Dann nahm er seinen Geldsack und ging nach Hause.

Zum Mittagessen tauchte Jackie auf. Der Braten schmeckte, trotz Klotildes ehrlicher Trauer, recht gut. Sie aßen andächtig. Die Großmutter brachte das Gespräch auf die Geldsammlung und fragte Jackie, wie er darüber dächte.

„Ich freue mich kolossal darüber, Frau Großmutter", meinte er. „Vor allem, weil es so freundlich von den Jungens ist. Aber auch sonst. Geld kann man immer brauchen. Der Käpten ist ganz meiner Meinung. — Sehen Sie, heute vormittag hab' ich drei Stunden lang Tennisbälle gesammelt. Das ist auch 'ne Art Geld- sammlung. Mit dem Trinkgeld machte es eine Mark achtzig. Heute nachmittag arbeite ich noch einmal zwei Stunden. Das ist wieder eine Mark. Wenn Sie sich die Mühe machen und das auf 'nen Monat umrechnen, werden Sie merken, daß ich mir glatt ein möbliertes Zimmer mit voller Pension leisten könnte. Vielleicht sogar mit Balkon."

Sie lachten alle.

„Na ja", sagte er. „Hab' ich nicht recht? Gestern hab' ich auf dem Tennisplatz nur so aus Drall ein paar Saltos aus dem Stand gemacht. Da waren die Spieler so platt, daß mir der eine vor Schreck einen alten Tennisschläger geschenkt hat. Falls mir die- ser Sport liegt, kann ich ja später einmal Tennislehrer werden.

Dann pachte ich ein paar Plätze, gebe Unterricht und gewinne eines Tages die deutsche Meisterschaft. Dann fahre ich nach Paris und Amerika und werde vielleicht Weltmeister. Oder wenigstens Zweitbester. Na, und dann borge ich mir Geld und eröffne eine Fabrik für Tennisschläger und für Tennissachen überhaupt. Und weil mein Name bekannt ist, kaufen viele Leute das Zeug. Pachulke werde ich mich natürlich nicht nennen. Mit so einem Namen kann man nicht Weltmeister werden. Aber ich habe auch schon einmal Byron geheißen. Auf einen Namen mehr oder weniger kommt's nicht mehr an." Er beugte sich über den Teller und aß tüchtig.

„Um den ist mir nicht bange", erklärte die Großmutter.

„Mir auch nicht", sagte Jackie. „Es gibt eine Menge Berufe für einen Artisten, der zu schnell gewachsen ist!"

Nachmittags legten an der Brücke nacheinander zwei Dampfer an. Der eine kam aus den westlich gelegenen Seebädern herüber. Der andre kam von Osten. Aus diesen beiden Dampfern drängten Hunderte von Kindern und überschwemmten Korlsbüttel mit Wogen von Geschrei und Gelächter. Am wildesten war das Gewimmel und Getümmel vor den ,Leuchtturm-Lichtspielen'. (Die Kassiererin war noch zwei Tage danach krank davon.)

Punkt vier Uhr begann die erste Vorstellung, in welcher der Film ,Emil und die Detektive' gezeigt werden sollte. Herr Bartelmann, der Besitzer des Kinos, blickte in den überfüllten Raum. Vorm Haus standen Scharen von Kindern, die auf die zweite Vorstellung warteten. Herrn Bartelmann tat es in der Seele weh, daß die Tageseinnahmen nicht ihm gehörten. Na, das ließ sich nun nicht ändern! Er ging zu den Detektiven, die sich in seinem Büro versammelt hatten, und gab ihnen genaue Anweisungen.

„Brrr!" sagte Emil. „Jetzt wird's Ernst."

Und Gustav meinte: „Lache Bajazzo! Wenn's Herz auch bricht."

Als das Beiprogramm vorüber war, schloß sich der Vorhang vor der Leinwand. Es wurde Licht. Der Vorhang öffnete sich wieder.

Und nun standen vier Jungen und ein Mädchen auf der Bühne! Die Kinder im Zuschauerraum stellten sich auf die Sitze. Dann wurde es langsam stiller und endlich ganz still.

Emil trat an die Rampe und sagte mit lauter Stimme: „Meine Freunde, meine Kusine und ich danken euch, daß ihr hierher gekommen seid. Und wir danken euch, daß ihr für Jackie Geld gesammelt habt. Er ist ein patenter Kerl. Sonst hätten wir euch ja auch nicht um euren Beistand gebeten. Nach der Vorstellung wird er sich persönlich bei euch bedanken. Und jetzt wollen wir uns miteinander den Film ansehen. Hoffentlich ist er schön."

Ein ganz kleiner Junge, der seiner Mutter auf dem Schoße saß, rief aus dem Zuschauerraum mit piepsiger Stimme: „Bist du der Emil?"

Die Kinder lachten.

„Jawohl", sagte Emil. „Ich bin Emil Tischbein."

Pony trat stolz neben ihn und knickste. „Ich bin Pony Hütchen, Emils Kusine."

Dann trat der Professor vor. „Ich bin der Professor." Seine Stimme klang etwas zittrig.

Dienstag machte einen tiefen Bückling. „Ich bin der kleine Dienstag."

Zum Schluß kam Gustav an die Reihe. „Ich bin Gustav mit der Hupe. Aber jetzt hab' ich ein Motorrad." Er machte eine kleine Pause. „Na, ihr Feuertüten!" rief er dann. „Seid ihr alle da?"

„Ja!" brüllten die Kinder.

Gustav lachte. „Und wie heißt die Parole?"

Da schrien alle, daß man's bis an den Bahnhof hören konnte:
„Parole Emil!"

Vorm Kino ging ein Pferd durch. So laut brüllten die Kinder!
Dann wurde es dunkel, und der Vorführungsapparat begann zu
surren.

Als der Film zu Ende war, klatschten die Zuschauer minu-
tenlang Beifall. Dann wurde es hell. Ein Mädchen, das neben
Pony saß, sagte: „Du hast dich aber seitdem enorm verändert!"

Pony meinte: „Das Mädchen im Film bin ja gar nicht ich!
Die spielt mich doch nur!"

„Ach so. Und der Film-Emil und der richtige Emil, der neben
dir sitzt, sind auch nicht dieselben?"

„Nein", erwiderte Pony. „Der richtige Emil ist mein Vetter.
Und den Film-Emil kenne ich überhaupt nicht persönlich. Nun
sei aber still. Es geht weiter!"

Jackie kam auf die Bühne. Er trat an die Rampe und sagte:
„Ihr habt für einen Jungen Geld gesammelt. Der Junge bin ich.
Herzlichen Dank allerseits! Ich finde das großartig von euch.
Wenn ich später mal ein reicher Mann bin und es geht dann
einem von euch dreckig, soll er sich bei mir melden. Aber nicht
vergessen!"

Dann kam Gustav auf die Bühne. Er sagte zu Jackie: „Im
Auftrage meiner Freunde und der anderen Korlsbüttler Kinder
überreiche ich dir das Resultat der hiesigen Sammlung. Es ist
ein Sparkassenbuch mit fünfundsiebzig Mark."

Jackie schüttelte seinem Freunde die Hand.

Unten im Zuschauerraum meinte der Professor zu Dienstag:
„Das also war Gustavs Idee!"

Dienstag fragte: „Findest du sie schlecht?"

„Ausgezeichnet ist sie!" erklärte der Professor. „Ganz ausgezeichnet!"

Gustav rief von der Bühne herunter: „Und nun bitte ich die Vertreter der anderen Bäder heraufzukommen."

Unten entstand ein wildes Gedränge.

Endlich standen sieben weitere Jungen auf der Bühne. Einer aus Ahrenshoop, einer aus Brunshaupten, einer aus Heiligendamm, einer aus Warnemünde, einer aus Heidekrug, einer aus Graal und einer aus Müritz. Und jeder überreichte ein Sparkassenbuch! Jackie hatte Tränen in den Augen, obwohl er eigentlich gar nicht rührselig veranlagt war.

Gustav blätterte eifrig in den Sparkassenbüchern. Und als die sieben Delegierten wieder von der Bühne geklettert waren, rief er: „Die Gesamtsumme beläuft sich auf sechshundertfünfzehn Mark. Außerdem kriegt Jackie die heutigen Kino-Einnahmen. Jackie, ich gratuliere dir zu deinem Vermögen. Möge es dir zum Schmerbauch gedeihen!"

Gustav verschwand hinter der Bühne.

„Das habe ich nicht erwartet!" sagte Jackie. „Da brauche ich ja einen Bankier!" Er zog die Jacke aus. „Mein alter Freund, der Käpten Schmauch, hat mir geraten, euch etwas vorzuturnen. Gewissermaßen als Erkenntlichkeit. Nun bin ich zwar gewöhnt, mit einem Untermann zu arbeiten. Aber ein bißchen was kann ich auch alleine." Er warf die Jacke hinter die Bühne und ging in den Handstand. Dann beugte er die Arme, bis er im Ellbogenstütz war. Dann drückte er die Arme wieder durch und spazierte von der einen Seite der Bühne auf die andere. Immer auf den Händen. Die Zuschauer applaudierten.

Jackie sprang wieder auf die Füße. Dann schlug er Rad. Dann machte er Spagat. Und dann die Brücke. Dann machte er, unter Zuhilfenahme beider Hände, einen Überschlag vorwärts. Noch einen. Noch einen. Dann nur mit einer Hand. Immer wieder. Quer über die ganze Bühne.

Und als Abschluß zeigte er einen Salto. Dann noch einen. Noch einen. Und noch einen. Schneller. Immer schneller. Bald waren die Beine oben. Bald der Kopf. Er wirbelte wie ein kleines Glücksrad durch die Luft!

Die Kinder johlten, jubelten und klatschten sich die Hände rot. Auch die Erwachsenen waren hingerissen.

Dann rauschte der Vorhang zu. Schon drängten die Kinder, die zur zweiten Vorstellung wollten, in den Saal. Es war ein Gewurstel und ein Krach wie in einem Hexenkessel.

„Der Salto hat mir gut gefallen", sagte die Großmutter zu Emil. „Den muß ich morgen mal üben."

Am Abend legten die zwei Küstendampfer wieder an der Brücke an. Die Kinder aus den sieben Nachbarbädern stürmten an Bord. Die Eltern und Kinderfräulein wurden wie von Strudeln mitgerissen.

Die Dampfer läuteten zur Abfahrt. Ein paar Nachzügler kamen schreiend und winkend dahergestolpert und polterten an Deck. Dann seilte der Brückenwärter die Dampfer los. Sie schaukelten. Die Schrauben schaufelten Wasser. Die Motoren arbeiteten. Hunderte von Taschentüchern wurden geschwenkt. (Manche Tücher waren nicht mehr ganz sauber. Aber es war ja schon ziemlich dunkel.)

„Parole Emil!" brüllten die Kinder auf dem Schiff, das nach Westen fuhr. „Parole Emil!" schrien die Kinder auf dem Dampfer, der nach Osten fuhr.

Und „Parole Emil!" brüllten die Korlsbüttler Kinder, die auf der Brücke standen.

„Das war der schönste Tag meines Lebens!" sagte Fräulein Klotilde Seelenbinder.

Drüben auf den Dampfern wurden bunte Lampions angezündet. Der eine fuhr nach links. Der andre nach rechts. Emil und die Detektive standen am Brückenkopf und blickten schweigend hinter den Schiffen her.

Gustav räusperte sich. Dann legte er seine Arme um die drei Jungen, die vor ihm standen, und sagte: „Wir wollen Freunde bleiben. Bis uns die Vollbärte durch den Tisch wachsen." Die andern sagten nichts. Aber sie waren derselben Meinung.

Da kam Jackie angaloppiert. „Hier seid ihr!" meinte er befriedigt. „Ich habe euch schon überall gesucht." Er trat zu ihnen. „An den Tag werde ich denken", sagte er selbstvergessen. „Soviel Geld auf einen Haufen gibt's ja gar nicht."

„Wo hast du denn deine acht Sparkassenbücher?" fragte Dienstag.

„Ich hab' sie dem Bartelmann zum Wegschließen gegeben. Er hat in seinem Kinobüro einen feuersicheren Geldschrank. Was sagt ihr dazu? Er hat mir einen Antrag gemacht! Ich soll in seinem Kino als artistische Bühnenschau auftreten. Zunächst mal eine Woche lang."

„Was will er zahlen?" fragte der Professor sachlich.

„Fünf Mark täglich. Ohne Abzüge."

Die Detektive freuten sich.

„Und die heutigen Einnahmen, die ihr mir herausgeholt habt, betragen ungefähr zweihundertfünfzig Mark. Genau weiß er's noch nicht. Aber so zirka!" Jackie lachte leise. „Ich glaub's noch gar nicht. Wenn das so weitergeht, kauf ich mir nächste Woche eine Villa mit Warmwasserbeleuchtung."

Draußen in der Ostsee schwammen zwei kleine illuminierte Dampfer. Das Meer rauschte. Am Strand überschlugen sich die Wellen. Der weiße Schaum glänzte in der Dunkelheit.

„Herrschaften", sagte Kapitän Schmauch. „Ich habe unserm Pikkolo fest versprechen müssen, daß wir noch ins Hotel kommen. Er hat den ganzen Tag strammen Dienst gehabt. Nicht einmal den Film hat er gesehen."

Man beschloß also, auf einen Sprung ins Strandhotel zu gehen. „Es sind ja Ferien", meinte Frau Haberland und hakte sich beim Justizrat unter.

Sie gingen alle über die Brücke. Der Kapitän und Jackie marschierten vorneweg. „Ich möchte dir einen Vorschlag machen", sagte Kapitän Schmauch.

„Worum handelt sich's denn, Käpten?"

„Mein Haus ist zwar klein", erklärte der Mann. „Aber für mich allein ist es ein bißchen zu groß."

„Vermieten Sie doch ein Zimmer!" rief Jackie.

„Das möchte ich ja", sagte der Kapitän. „Wie lange willst du denn in Korlsbüttel bleiben?"

„Bis die Tennisplätze geschlossen werden. Solange bleibe ich hier als Balljunge. Und wenn die Hauptsaison vorbei ist, gibt mir der Trainer täglich eine Stunde Unterricht. Ganz billig. Vielleicht umsonst."

„Wenn du Lust hast, kannst du zu mir ziehen", sagte der Kapitän.

„Mach' ich, Käpten! Wieviel verlangen Sie Miete?"

Herr Schmauch knuffte Jackie. „Mach keine faulen Witze! Du tust mir ja nur einen Gefallen."

„Fein", sagte der Junge. „Danke schön, Käpten. Und abends spielen wir in der Veranda Schwarzen Peter oder Schafkopf."

Der Kapitän freute sich mächtig.

Dann fragte Jackie: „Brauchen Sie übrigens Geld? Ich bin jetzt vermögend. Ich könnte, wenn ich noch ein paar Wochen spare, tausend Mark in Ihr Geschäft stecken. Was sollen die Moneten auf der Sparkasse, nicht?"

„Gut", sagte der Kapitän. „Können wir machen. Du wirst mein stiller Teilhaber. Unter einer Bedingung! Du mußt jeden Sommer bei mir in Korlsbüttel wohnen."

„Topp!" rief Jackie. „Und wenn ich fürs Tennis kein Talent

haben sollte, trete ich in unserm Geschäft als Schiffsjunge ein!"
„Das soll ein Wort sein!" meinte Kapitän Schmauch. „Hoffentlich hast du kein Talent zum Tennis."

Sie lachten und traten ins Hotel.

Die Großmutter und Emil gingen als letzte hinterdrein. Sie
blieben vorm Hotel stehn und blickten aufs Meer. Der eine
Dampfer war schon verschwunden. Der andre schwamm noch
am Horizont. Wie eine leuchtende Nußschale.

Emil sagte: „Der Jackie hätte unsre Hilfe gar nicht gebraucht,
glaub' ich!"

Die Großmutter antwortete: „Jede gute Tat hat ihren Sinn,
mein Junge." Sie trat auf die Stufen: „Und jetzt schreiben wir
deiner Mutter eine Ansichtskarte!"

„Könnten wir nicht zwei Karten schreiben?"

„Wem denn noch?"

„Dem Oberwachtmeister Jeschke", sagte er.

Da gab ihm die alte Frau einen Kuß.

E N D E